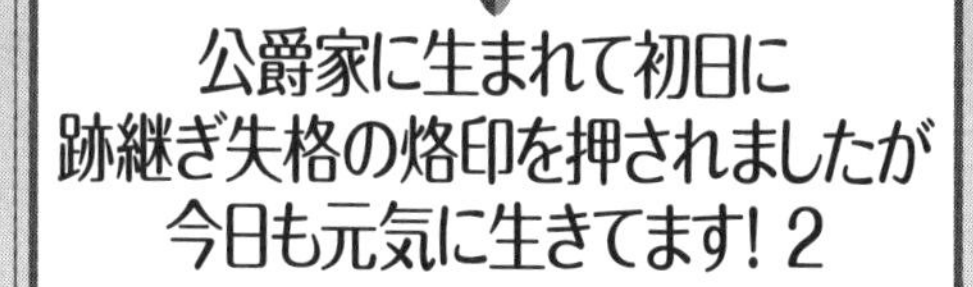

公爵家に生まれて初日に跡継ぎ失格の烙印を押されましたが今日も元気に生きてます！ 2

小択出新都

Otaku de Neet

Regina

レジーナ文庫

登場人物紹介
護衛役の子供たち
クリュート
スリゼル
ミント
ソフィア
失格
リンクス
天輝（てんき）
金の鳥を象（かたど）った剣。
エトワの能力の大半が
封じられている。渋い男性の声で
鋭いツッコミを入れてくれる、
エトワの頼もしき相棒。
エトワ
風の公爵家の令嬢。
魔力がほぼゼロなので
跡継ぎ失格の烙印を押されてしまった。
転生前はごく普通の日本人で
超マイペースな性格。『糸目』を意味する
エトワと呼ばれている。

クレノ
謎の男子生徒。
平民でありながら生徒会長選挙に
立候補し、パイシェンと争うことに。
パイシェン
水の侯爵家の令嬢。
名門貴族の子が集まる『桜貴会』の
小等部代表を務めている。
アルセル
三番目の王子さま。
少しぽっちゃりしていて、
エトワにも優しく接してくれる。
シーシェ
水の公爵家の令嬢。
美貌の持ち主だけれど、
自由気ままでおっとりしている。
ハナコ
魔王の娘。お忍びで町に来たところを
エトワとソフィアに見つかるが、
その目的とは——？

目次

公爵家に生まれて初日に跡継ぎ失格の烙印を押されましたが今日も元気に生きてます！２

第一章　初めての社交界

日本から事故で転生して、風の魔法を使うシルフィール公爵家の長女に生まれた私、エトワ。

でも魔力をもってないせいで、後継者失格になってしまいました！

そんな私のもとにやってきたのが、銀色の髪をもつ天使みたいな良い子のソフィアちゃん、燃えるような赤い髪をした強気な男の子リンクスくん、お人形さんみたいな金髪碧眼(へきがん)の何を考えてるのかわからない不思議な子ミントくん、黒い髪がさらさらの何かと腹黒いクリュートくん、背が高く慇懃(いんぎん)で執事みたいな態度のスリゼルくんの、五人の子供たち。

彼らはシルフィール家の分家である五つの侯爵家の子息で、私の代わりの跡継ぎ候補としてシルフィール家に招かれたんです。

みんな才能のある子ばかりで、誰が跡継ぎになるかわかりません！

そのため試験として私が彼らの仮の主人になって、彼らには護衛役を務めてもらい、一緒に生活することになりました。

みんなで貴族の学校ルーヴ・ロゼに入学したんだけど、そこでもいろんなトラブルが……

名門貴族の子供が集まる桜貴会（おうきかい）と呼ばれるサロンで、そこの偉いメンバーであるパイシェン先輩とソフィアちゃんたちが衝突してしまったのだ。

でもなんとか仲直りして、最終的になぜか私もソフィアちゃんたちと一緒に、桜貴会に入ることになったんだけど……

「そういうわけで新たなメンバーも加えて、桜貴会の神聖なるお茶会を開くことにするわ。ええ、神聖な……ね……」

お昼休み、桜貴会の館で、パイシェン先輩がテーブルの真ん中の席に座ってそう言った。

パイシェン先輩は水の魔法を使うニンフィーユ侯爵家のご令嬢。今の桜貴会では、唯一、ソフィアちゃんたちと同格の家格をもつ貴族のお嬢さまだ。

「ふぁーい」

私は持ってきたお弁当をもぐもぐしながら返事をする。

前回のお茶会はパイシェン先輩以外、全員立ってたんだけど、今回は他のメンバーの子も椅子に座っている。あれはシルウェストレの子たちを迎えるための特別な態勢だったらしい。こっちのほうがいいよね、うん。

ちなみにシルウェストレとは、ソフィアちゃんたちの実家である五つの侯爵家の別称だ。

メンバーの女の子の一人が、青い顔で汗を垂らしながら私を見る。

「お、桜貴会のお茶会の席で、お弁当を食べだす人がいるなんて……」

そんなこと言われても、ポムチョム小学校に行く日はお弁当食べていいって約束で桜貴会に入ったし。現にパイシェン先輩も文句は言わない。

まあちょっとだけ沈痛(ちんつう)な面持ちはしてるけど。

あ、ポムチョム小学校っていうのは平民の子たちが通う学校で、私は週の半分ぐらいは午後からそっちで冒険者になるための勉強をしている。

お茶会に出ると移動だけでお昼休みが終わっちゃうから、お弁当を食べるのを特別に許してもらってるのだ。

むしろみんなよく我慢できるねぇ。もうお昼なのに。

どうやらお弁当は解散後に食べるらしい。

私みたいに別の学校に行くわけじゃないから、お昼休みの時間はあるだろうけど、でも一番お腹がすいたこの時間に我慢するのは辛いと思う。

そう思ってたら、ソフィアちゃんが私のほうに寄ってきた。

「エトワさま、その卵焼き美味しそうですね、ご自分で作られたんですか？」

「うん、そうだよ〜。食べる？」

「はい！　いただきます！」

やっぱりお腹すくよね。卵焼きをねだるソフィアちゃんに、フォークに刺して差し出す。

すると、ソフィアちゃんは笑顔で口を開けた。

おお、あーんね。いいよいいよ〜。

「はい、ソフィアちゃん、あーん」

「あーん」

パイシェン先輩がバンッと机を叩いた。

「エトワ、あーんはしない！」

おっと、あーんはマナー違反でしたか失敬。

私はソフィアちゃんの口にさっと卵焼きを入れると、すぐさま姿勢を正し、お弁当を食べ続ける。

そうこうしてるうちに、お茶が出てきた。今回は私の分もちゃんとある。

ああ、これは助かる～。最初は入るのに戸惑っていたけど、椅子とテーブルのある場所でお茶がもらえてお弁当も食べられるなら、もう極楽だよね、極楽。優雅なお昼タイム。

さすが貴族たちが集まるサロン。お茶も美味しい。

私はずずず～とお茶をすする。

「エトワ、音を立てない！」

パイシェン先輩から二度目のお叱りが飛んだ。

これは失敬。前世の癖で。

今のは前世でもマナー違反なので反省し、音を立てない飲み方に切り替える。

場が落ち着いたところで、パイシェン先輩が咳払いをした。

「ルイシェンお兄さまが転校したことによって、私がこの桜貴会の代表を務めることになったわ。ここにいるメンバーは全員、私が桜貴会にふさわしいと認めているメンバーよ」

もぐもぐ。

少し沈黙してから、パイシェン先輩が付け加える。

「本当よ……」

うんうん。

「だから新しく入った子も含め、全員仲良くすることを命じるわ」

「はい」

パイシェン先輩の言葉に、ソフィアちゃんたちも私もそれぞれ返事をした。

以前からメンバーだった子たちも、はい、と頷く。

まだ顔と名前も一致しないけど、仲良くなれるといいなぁ。

「それから明日は、アルセルさまとシーシェさまがこちらの館にいらっしゃるわ。みんな失礼のないように心の準備をしておきなさい」

「アルセルさまが!?」

「シーシェさまも!?」

その名前にもともとのメンバーの子たちだけでなく、ソフィアちゃんたちまで驚いた顔をした。

それもそのはず。アルセルさまはこの国の第三王子であらせられるお方だ。そしてシーシェさまはこの国にある四つの公爵家のうちの一つ、ウンディーネ公爵家のお嬢さま。どちらもルーヴ・ロゼの中等部に通われていて、今は二年生と三年生だったと思う。

いきなりの王族と大物貴族の訪問、いったいどんなご用なのだろう。

＊＊＊

次の日の放課後、私はポムチョム小学校が終わってから桜貴会の館に来ていた。

アルセルさまとシーシェさまがもうすぐ来るからだ。

「ぬっふっふ、王子さまか〜。かっこいいのかなぁ」

ちょっぴり期待してしまう。

だって王子さまだ。前世でもテレビで見たことはあるけど、現実にお目にかかるのは初めてである。

白馬の王子さま。

発想が古いとか、夢見すぎとか言われちゃうけど、正統派(オーソドックス)の良さがわかる女なんです私は。

恋愛イベントに発展したりしないかな⁉

平凡な容姿の私が王子さまに溺愛(できあい)されちゃって、なーんて、にゅふふ。

転生してここまで恋愛イベントなんて一切なかったから——年齢が年齢だから起きたらそれはそれで問題なんだけど。

現実はそんなうまくいかないとわかってるけど、ちょっとぐらいはこの機会に妄想しときたい。

「そういえばエトワは社交界には参加してなかったのよね。じゃあ、お会いしたこともないわね」

パイシェン先輩がお茶を飲みながら言う。

「先輩は会ったことがあるんですか？」

「ええ」

「かっこいいですか!?」

ぶっちゃけ知りたい！　ぶっちゃけそこらへん知りたい！

「エトワはふくよかなお方は好き？　優しそうな感じの」

あー、太ってるのか～。

うーん。うーん。

私は想像していた白馬の王子さまを、ぽっちゃり系の穏やかそうな王子さまにチェンジしてみる。

「それはそれでありだと思います！　結婚相手に選びたいタイプ！」

「確かにそんな感じかもね」

正統派の美形も人気あるけど、そういうタイプも意外と需要がある。

一緒にいて癒されるところがいいんだとか。前世の雑誌のアンケートによるとだけど。

そう答えたら横でガタンッと椅子が倒れる音がした。

何かと思ったら、椅子を倒すほどの勢いで立ち上がったリンクスくんが、こっちをじーっと見ている。

どうしたんだーい。

私に言いたいことがあるのかと思って手をひらひらさせる。すると、ぷいっとそっぽを向かれてしまった。

うーん、わからん。

こういうところ、懐いたようで懐いてない野良猫感があるよね、リンクスくん。

「よーしよーしわしゃしゃしゃしゃしゃ」

「うわぁっ、なにすんだよ!?」

私は猫っぽいリンクスくんに抱きついて思いっきりその頭を撫でてみた。

ああ、男の子なのにさらさらしている。しなやかなキューティクルが、キューティクルがぁ！

リンクスくんは一瞬、私の腕の中で暴れようとしたけど、そうすると私が危ないと思ったのか動きを止めて、それから最小限の動作で腕の中からするっと抜け出す。

あーあ、さらさらして気持ち良かったのに。

リンクスくんは頭を押さえて、顔を真っ赤にしながら私に言った。

「勝手に頭撫でるんじゃねーよ、バカ主！」

おお、久しぶりに罵られた気がする。んー、でも許可があればいいのか。

「じゃあ、撫でていい？」

私は手をわきわきさせながらそう言った。

「やだ」

リンクスくんは逃げていく。残念。

そう思っていたら、私のスカートを誰かが掴んだ。意識をすぐ下に向けると、ソフィアちゃんが頬を膨らませて私を見上げている。

「私の頭も撫でてください、エトワさま」

なにこのかわいい生き物。

「おーよしよしよし」

私はその頭を遠慮なく撫でる。うーん、リンクスくんに勝るとも劣らない撫で心地。

シルウェストレの子たちはすごいなぁ。頭もいいけど、髪質もいい。

「えへへ～」

しばらく撫でていると、ミントくんが無言でソフィアちゃんの後ろに並んだ。

無表情な顔から視線だけで意思を伝えてくる。

えっと、ミントくんも撫でろと？　順番待ち……？

いや、うん、いいけどね。私もどちらかというと撫でたいしね。

リンクスくんは来ないかなぁと視線を移すと、シャーっと威嚇された。

そんな私たちを見て、パイシェン先輩がため息をつく。

「本当に仲がいいのね、あなたたち」

「あっ、すみません」

パイシェン先輩には、なんとなくいろいろとご迷惑をおかけした気分になる。

「別にいいけど、今日はそろそろやめなさい。アルセルさまとシーシェさまが来るわ」

「そうですね。ソフィア、ミント、護衛役の仕事とはそういうものではないはずだ。エトワさまもお控えください」

パイシェン先輩だけでなく、スリゼルくんからも注意された。

「は～い」

私は素直に返事をして席に戻る。

ソフィアちゃんとミントくん、リンクスくんもお澄まし顔で席に戻った。

「パイシェンさま、いらっしゃいました！」

桜貴会のメンバーの子が外から走ってきて、賓客の来訪を教えてくれる。

「出迎えに行くわよ」

パイシェン先輩が席を立って、私たちもあとに続いた。

二階から下り、玄関の前で並んで、お客さまを待つ。

下で待機していた子が扉を開けると、向こうから二人の人物が歩いてくるのが見えた。

小太りでちょっと背の低い、でもさらさらの金色の髪をした育ちの良さそうな少年と、
深い海のような青色の髪をした、気だるそうな雰囲気を纏った大人っぽい少女。

前者は聞いていた通りの容姿だから、第三王子のアルセルさまで間違いないだろう。

青い髪の美人はきっとウンディーネ家のシーシェさまだ。ルーヴ・ロゼの中等部三年生ってことは、元の世界だと中学二年生ぐらいの歳。

でも、すでにその御身からは傾国の美女と表現できるようなオーラを放っている。

「やあ、わざわざ出迎えてもらってごめんね」

「懐かしいわねぇ、小等部の桜貴会」

アルセルさまは人の良さそうな笑顔で私たちに挨拶し、シーシェさまは館を見上げて、

妖艶さを感じさせる仕草で微笑んだ。それから、パイシェン先輩のほうを見て。

「パイシェンちゃん久しぶりね」

「はい、シーシェお姉さま。来てくださってありがとうございます」

パイシェン先輩とシーシェさまは親しげな様子だった。関係の深い水の派閥の貴族同士だしね。

シーシェさまは私にも目を留める。

こんな美人に見つめられると意味もなくどきどきしてしまう。ちょっと居たたまれない。

「それから今年は面白い子も入ったみたいね」

シーシェさまはくすりと笑って微笑んだ。

「あの、エトワは身分はいろいろと複雑ですし、性格も……ちょっと抜けたとこがあって、頭も普段はとてもアレなんですけど、でも私にとって尊敬できる部分をもっていて、だから桜貴会に入ってもらいました」

パイシェン先輩が、私が桜貴会に入った事情をシーシェさまに説明してくれる。

おお……パイシェン先輩、私のことをそんな風に思ってくれていたのか……

感動し……ていいの？　感動していいんだよね、これ。でもなんかちょっと罵り言葉が多くなかった⁉　むしろ九割ぐらい罵られていたような。

頭がアレってどういうこと、ねえ。感動していいのこれ⁉

「あら、別にいいのよ。桜貴会のメンバーの選定はみんなが納得していれば自由だわ。むしろ私の時代ももっと楽しくなるようなメンバーを選びたかったのに、アルセルさまが止めるんですもの」

「君は旅先で見かけた牛をメンバーに入れようとしたね。さすがに全員で止めたよ……」

残念そうにするシーシェさまに、アルセルさまがそのときの苦労を思い出すようなため息をついた。

「そういうわけでこの子、中等部に持ち帰っていいかしら」

どうしてそういう結論に達したかわからないが、シーシェさまは私の体をひょいっと抱き上げて、踵を返そうとする。

「だめです！」

ソフィアちゃん、リンクスくん、パイシェン先輩が私の裾をがっしり掴んでそれを止めた。

おぉぉ、良かった……。このまま献上品にされたらどうしようかと思ったぜ。

「子供たちのメンバー奪うのもやめてね……」

額を押さえたアルセルさまがため息をつきながらそう言った。苦労してそうだ……

＊＊＊

場所は移って、いざ中等部の先輩たちとお茶会。

アルセルさまが上座（かみざ）に座り、パイシェン先輩がその横、私たちは適当に座る。

シーシェさまはどこからか取り出してきたソファに寝そべり、小等部の子に淹（い）れてもらったお茶を優雅に楽しんでいた。

ふりーだむ。

王子殿下がいるのに大丈夫なんだろうか……。まあ当のアルセルさまが注意しないから大丈夫なんだろうけど。

そういうわけで用件を話すのも、身分が一番高いアルセルさまだった。

「実は君たちがシルウェストレの子たちと喧嘩（けんか）をしちゃったと聞いてね。事情を聞いて仲裁（ちゅうさい）できたらと思って来たわけだけど――」

そう語ると、アルセルさまは人の良さそうな顔にちょっと苦笑いを浮かべる。

「でも、僕たちが何かする前に自分たちで解決しちゃったらしいね」

「ご心配をおかけして申し訳ありません」

「ううん、仲直りできて良かったよ。まあだから用事はなくなっちゃったんだけど、どうせだから後輩の子たちとも顔合わせしておこうと思ってね。来てみたんだ」

どうやらパイシェン先輩とソフィアちゃんたちの騒動は、小等部だけでなく中等部のほうにも伝わっていたらしい。

早めに仲直りできて良かったと思う。王子さまにまで、ご心配をおかけしたわけだしね。王子さまを出張させたことに、さすがのソフィアちゃんたちも、ちょっと焦った顔をしていた。

うん、無理して誰かと仲良くしてほしいわけじゃないけど、自分たちの影響力の大きさは理解しておいたほうがいいかもしれないね。

それからアルセルさまは、ちょっと顔を曇らせてパイシェン先輩に言った。

「ルイシェンくんの件は残念だったね」

「いえ、あれはお兄さまが悪いです。当然の報いです」

慰めの言葉をかけられたパイシェン先輩が、きっぱりとそう言った。

ルイシェン先輩は、パイシェン先輩のお兄さんで、私への嫌がらせのために使用した水の魔法が暴走を起こして、大事件に発展してしまったのだ。私の友達のポムチョム小学校の子たちも危ない目に遭ってる。その結果、ルイシェン先輩はよその学校に転校させられ、侯爵家を相続する権利も失ってしまった。

まあやったことがやったことだし、しょうがない。私もまだちょっと怒ってる。

「あの子は嫡子として甘やかされて育ったものね。今回のことはいい薬になるんじゃないの～？」

シーシェさまが容赦ない言葉をルイシェン先輩に投げた。

アルセルさまは苦笑いしつつも、その意見に頷く。

「そうだね。僕たちも子供のころからの付き合いだから、彼の悪いところもいつか直るだろうと甘く接していた気がするよ。もう少し、気にかけてあげるべきだったのかもね……」

確かに子供のころからの知り合いって、ついつい甘く見ちゃうよね。

ちょっと悪ガキなところがあったとして、そういうところも贔屓目でかわいく見えてしまう。

私だってソフィアちゃんたちにそういう部分があっても、しょうがない子だなぁと思いながら見過ごしてしまうかもしれない。

「エトワちゃん、君には迷惑をかけてしまったね。ここにいないルイシェンくんに代わって、僕からお詫びさせてもらうよ」

「いえ、そんな！」

王子さまからお詫びされて、私は慌てて首を横に振った。

ルイシェン先輩、いきなり転校させられちゃったけど、こういう優しい人が見守ってくれるなら、きっと大丈夫かなと思った。

＊＊＊

アルセルさまたちがここに来た用件も終わって、しばらくお茶を飲みつつ雑談タイムになった。

「そういえば来月はエントランス・パーティーだけど準備はしてるかな？」

「あ、忘れてましたわ。どたばたしていて……」

「私も他のことで頭がいっぱいで……」

アルセルさまの言葉に、パイシェン先輩とソフィアちゃんがあっと気づいた様子で返事をする。

へー、パーティーか〜。二人とも大変だなぁ。

パーティーとなると、ドレスとか、装飾品とか、女の子は準備が大変なんだよねぇ。

きっと桜貴会のことで二人ともいっぱいいっぱいだったのだろう。

焦る二人を他人事のように眺めてると、パイシェン先輩の視線がこちらを向いた。

「エトワ、他人事みたいにのんきな顔してるけど、あんたは準備はしてるの？　ドレスの仕立てとか、今から頼むならもうぎりぎりよ」

「いやいや、私はパーティーには無縁でして、今回も無関係ですよ〜」

嬉しいのか、悲しいのか。生まれてこの方、パーティーにはお呼ばれしたことがない。

そういう理由でのんきに構えていると、アルセルさまが戸惑った顔で言う。

「エントランス・パーティーはルーヴ・ロゼの新入生を歓迎するパーティーだから、ルーヴ・ロゼの生徒は全員招待されてるよ……」

「えっ……」

まじっすか……。そんなこと聞いてないっすよ……

そう思ってたら、ソフィアちゃんが涙目で私のほうを見ていた。

「ごめんなさいぃぃぃぃ、エトワさまに……伝えるのも忘れてました……」

うおー、ソフィアちゃんの伝言ミスかー！

「大丈夫、気にしない！　平気！　平気！　なんとかなるよ！」

慌ててソフィアちゃんを励ます。

うん、桜貴会の件で大変だったもんね。忘れてても仕方ない仕方ない。

そもそも、私なんて適当に準備しとけばオッケーだし。なんなら普段着の中からドレスっぽいやつを……

「なんか適当にドレスっぽいものを着てけばいいやとか考えてそうね……」

ぎくりっ。パイシェン先輩鋭い。

「言っておくけどパーティーの当日は、国王陛下も来るのよ」

へぇ、そりゃすごい……

私は着古した適当なドレスで王さまの前に立つ自分の姿を想像して、ちょっと青くなった。

＊＊＊

お酒落は女の子に魔法をかけてくれるの。

今日は待ちに待ったパーティーの日。

この日のために仕立てた青いドレスを着て、薄く化粧をしてもらい、髪をアップにまとめる。

子供の私にできる精一杯のお洒落をして、鏡を覗き込んでみる。

するとどうだろう。

はい、いつも通りの糸目の私がいまーす！

何も変わりませーん！

想像通りの結果に満足感みたいなのを覚えると、ささっと必要なものを持って部屋を出た。

「エトワさま～！」

すると向こうから、同じく準備を終えたソフィアちゃんが走ってきた。

銀色の髪に白いドレス。髪は私と同じアップにして赤いリボン。その姿を一言で表すと天使。

ああ、魔法がかかってる。魔法がちゃんとかかってるよ～。

ただでさえかわいい普段の姿から、さらに三割増しぐらい上乗せされたソフィアちゃんを見て、私はお洒落の魔法の存在を信じることにした。残念ながら私にはかからないけど！

「エトワさま、とってもきれいです」

ウットリするソフィアちゃんの目には何が見えてるんだろう。たまにこの子の目には私ではない何かが映ってるのではないかと、ふと思う。そう考えると存在論的恐怖を不意に感じる。

「ソフィアちゃんもきれいだよ～」

「えへへ」

お決まりの言葉だけど本心から返すと、ソフィアちゃんが嬉しそうに照れ笑いする。むしろ本音を曝け出すと、ソフィアちゃん〝が〟きれいだよ～！

「それじゃあ行きましょう」

「うん」

パーティー会場はルーヴ・ロゼの高等部の敷地にある大きな建物だ。

学校なのにパーティーが開けるような建物があるってすごいよね。さすが貴族って感じ。

パーティー会場へは、今いるルヴェンドの町にある公爵家の別宅から、公爵家所有の馬車で行くので、外で男の子たちと合流する。

男の子たちは子供用のスーツを着ていた。みんなフォーマルなネクタイをつけて、ミントくんだけ赤の蝶ネクタイ。誰の趣味だろう。かわいい。

みんな子供でもスタイルがいいのでよく似合っている。

スーツが演出するちょっとした大人っぽさが、背伸びしたかわいさを引き立てていた。

「リンクスくんたちかっこいいよ～。ミントくんはかわいい」

「エ、エトワさまもかわいいぞ……」

「どーもどーも」

こういうお世辞の応酬もいいよね。嘘でも褒めてもらえると気分がいいものです。

「なんで俺だけかわいい……？」

「それはかわいいからとしか言いようがないよ」

屋敷の前に馬車が停まる。

あれに乗っていざパーティー会場へ。

＊　＊　＊

パーティー会場に着いた。

「ほら、手……」

降りるときリンクスくんが手を貸してくれる。

「ありがとう」

「別に大した手間じゃねーし……」

リンクスくんはこれがやりたかったのか、満足げな表情をしていた。なんともかわいい。

エントランス・パーティーは子供たちの入学祝いパーティーということになってるけど、大人の貴族たちも多数参加するらしい。王族や高位貴族と知り合いになれる機会だからなんだとか。

現にここから見える人だかりにも、大人がかなりの割合でいた。

生徒の親族ではない人たちまで、うまく招待状を手に入れてやってくるらしい。

「見て、シルウェストレ五侯家のご子息たちよ」

「まだ子供なのになんてきれいな容姿をしてるんでしょう。大人になったら彼らと結婚したいご令嬢たちが殺到するわね」

「ソフィア嬢は国中の男性を虜（とりこ）にしてしまいそう」

貴族のご婦人たちが、ソフィアちゃんたちを見て口々に賞賛する。公爵家に最も近い家格といわれるシルウェストレの子たちは、国の貴族の中でも特別な存在だ。学校の生徒だけじゃなく、大人たちの間でもその人気は高い。

まあそんな視線はソフィアちゃんたちも私も慣れたもので、ソフィアちゃんたちは堂々と、私は空気のようにすーーとパーティー会場に入っていく。

会場に入ると、さっそくパイシェン先輩を見つけた。

「せんぱーい！」

手を振って駆け寄る。

パイシェン先輩は、髪と色を合わせたような水色の透明感のあるドレス。髪は流したままだけど、編み込みでアクセントがつけてあってかわいかった。これは魔法がかかってる。

「パイシェン先輩、きれいですね～」

私は本心からの感想を口にする。

パイシェン先輩は褒められ慣れてるのか、腕を組んでなんでもない風に返す。

「あんたもきれいよ、エトワ」

「ぷっぷっぷ、パイシェン先輩が私を褒めるって、社交辞令でもなんか面白いですね～」

普段は毒舌(どくぜつ)の先輩がさらりとお世辞を言う姿がなんかツボに入った。口を押さえて笑っていると、パイシェン先輩の手が私の頬をぎりぎりとつねり上げる。

「私があんたを褒めたら何かおかしい？」

「ご、ごめんなひゃい……」

ほんとに痛い。私は速攻で謝った。

やめよう。社交辞令に対する意味のない指摘、からかい。

謝罪して頬をつねる指を離してもらって、痛いの痛いの飛んでいけと自分で自分の頬を撫でる。ふと、背後に人の気配を感じて振り返ると、ふくれっ面のソフィアちゃんがいた。

「むぅ〜〜〜」

「ど、どうしたの……ソフィアちゃん？」

天使のご立腹に、私もパイシェン先輩も動揺した。

「エトワさまの頬、赤くなっています……」

ソフィアちゃんは私のそばに寄ると、責めるようにパイシェン先輩を見た。

「いや、さっきのは私が悪いよ」

パイシェン先輩をからかったのは私だし。

「そ、そうよ。エトワが変なことを言うから」

パイシェン先輩も焦ってる。

なんでだろう。桜貴会に入るときもそうだったけど、パイシェン先輩とソフィアちゃんは相性がちょっと悪い。二人が仲良くしてくれたら、小等部で断トツＴＯＰ２の美少女コンビ誕生で無敵の布陣なんだけどなぁ。なぜかうまくいかない。

私がソフィアちゃんをなだめようとすると、ソフィアちゃんがぼそっと呟いた。

「エトワさまはパイシェンさまの味方するんだ……ずるい……」

えっ……？　よ、よく聞こえなかったぞ……

明るいソフィアちゃんには、あんまり似つかわしくない言葉だった気がする。

ソフィアちゃんは、踵を返して走り去っていった。

私は慌てて追いかける。

ちょ、ま、待ってよ、ソフィアちゃんって——足はやっ！

さすがは一緒に暮らしてきた三年間、病気一つしなかった健康優良児。天使みたいな可憐な外見とは裏腹に、走る速さは野生の鹿のようだった。あっという間にその姿を見失う。

なぜか私はパーティー会場で一人だけ汗をだくだくかいて、息切れすることになった。

息を整えていると、会場に人がたくさん入ってきて、パーティーが始まってしまう。

ソフィアちゃんを完全に見失って一人で戻ってみると、リンクスくん、ミントくん、スリゼルくん、クリュートくんの周りに人だかりができていた。同年代の女の子が多いけど、男女問わずいろんな年齢層の人がいる。

パイシェン先輩の周りにもたくさんの人が集まっていた。

そしてソフィアちゃんの居場所もすぐに判明した。だって周りにすごい人垣ができていたから。

私はぽつーんと、パーティー会場で一人佇む。

今の私のそばにいてくれるのは、学校生活で休み時間や授業中に慣れ親しんだ、すでに私のフレンズと呼べるような一つの『概念』だけ。

こんにちは、『ぼっち』くん。今回もよろしく。

＊＊＊

ぼっちになった私は、壁際の人のいない場所でローストビーフを食べていた。

立食形式のパーティー。テーブルにはたくさんの料理が並んでいるけれど、みんな話すのに夢中でほとんど手をつけてない。

本来、話しながら優雅につまむものなんだろうけど、会話に熱が入りすぎてるせいか、美味しそうな料理が手つかずのままテーブルの上で寂しそうに鎮座している。

誰も我が歩みを止めるものはおらぬ――そんなぼっちの最大の利点を生かした私は、

テーブルからテーブルへと移動し、大皿にたくさん盛られたローストビーフを見つけた。

パーティーといったらローストビーフ。ローストビーフといったらパーティー。立食形式でのパーティーにおいて、お肉部門の代表選手を務めるような料理だ。

ステーキともグリルとも違う不思議な料理。

時には「ローストビーフにするぐらいなら、せっかくの素材をそのままステーキにしたほうがうまいんじゃないか」などと心無い陰口を囁かれる。けれど、そう貶す人たちもパーティー会場などでその姿を目にすれば、思わず一切れ、その不思議な焼き加減のお肉を口に運ばざるをえないのではないだろうか。そんな魔性の料理。

手つかずのローストビーフを、私はひょいひょいとお皿に盛る。ソースもたっぷりと。

壁際に移動して、まず一口。

う～ん、美味しい。

絶妙な焼き加減のお肉に、工夫が凝らされたソースが合う。

さすがは貴族のパーティー。いい仕事してますなぁ。

ああ、それにしてもぼっちになってしまうとは情けない。

はむっ、ローストビーフうまし。

これからこういう場へ参加する機会が増えるのなら、もうちょっと立ち回りというものを覚えなければいけませんかもですな〜。

はむはむっ、ローストビーフうまし。

なんて会場の隅っこでやりながら、改めて侯爵家の子たちを見るとやっぱりすごい人気である。

リンクスくん、ミントくん、ソフィアちゃん、スリゼルくん、クリュートくん、それからパイシェン先輩。みんなの周りには、ひっきりなしに人が訪れている。

みんなの応対も完璧だ、さすがは名家の子供たち。よそゆきの顔は久しぶりに見た気がする。

あんなことがあったソフィアちゃんも、周りを取り囲む人たちに笑顔で応対している。

大人も子供もその天使の笑顔に夢中だ。

でも、なんだろう、その笑顔にちょっと曇りがある気がする。やっぱりさっきのことが尾を引いてるのだろうか。

う〜ん、元気づけてあげたい。

「すみませ〜ん、ウェイターさーん」

私は給仕の人に声をかけた。

「どうしましたか？」

ほっ、給仕の人は私にも普通の応対をしてくれた。ちょっと私の額にちらっと目がいったけど――

ルーヴ・ロゼの生徒が全員参加ってことは、平民の子たちもいるわけだし、ちゃんと全員をお客さん扱いしてくれるのだろう。面倒ごとを頼むつもりの私としては、ありがたいやら、申し訳ないやら。

「紙とペンをお借りできないでしょうか～」

「は、はあ。ちょっとお待ちください」

私の注文に戸惑いつつも、ウェイターさんは一旦下がって紙とペンを持ってきてくれる。

私はソフィアちゃんへのメッセージをしたためると、それをウェイターさんに託した。ウェイターさんはうまく人を避けて、ソフィアちゃんの好物の桃のジュースと一緒に手紙を届けてくれた。

ソフィアちゃんはちょっと驚きつつも、手紙を開く。

それにはこう書いておいた。

『さっきはごめんんね。私はソフィアちゃんのこと大好きだよ～。今夜は一緒に寝ないか～い』と。

ソフィアちゃんはメッセージを見て驚くと、きょろきょろと周囲を見回す。

私はちょっと行儀が悪いけど、パーティー会場に置いてあった椅子に膝でのぼって、背を伸ばすと、ソフィアちゃんに手を振った。他の人にはほぼ存在を無視されてるから、ふりーだむ。

目が合ったのは一瞬だけど、ソフィアちゃんの顔に明るい笑みが戻る。

元気を出してくれたようだ。

ほっとした私は、協力してくれたウェイターさんにお礼を言う。

「ありがとうございます」

「いえ、ご満足いただけたようで良かったです」

ウェイターさんは微笑み、頭を下げると、また給仕の仕事に戻っていった。

ありがたや～。

＊＊＊

心のつかえが取れた私は、会場の隅に戻ってローストビーフを食べる。

うましうまし。

　このままパーティーが終わるまでローストビーフと過ごすことになるかと思っていたら、そばに誰かがやってきた。

　おお、桜貴会のメンバーの人じゃないですか。

　見覚えのある上級生が二人、私のもとにやってくる。最上級生と思わしき背の高い女の子が、私の皿に盛りに盛られたローストビーフを見て、ちょっと気圧(けお)された表情をした。

「な、なにそれ、ローストビーフがお皿に山みたいに……」

「えへ、めったに食べられないものですから」

　公爵家の別邸で暮らしてるといっても、毎日贅沢(ぜいたく)なごはんが食べられるわけじゃない。もちろん美味(おい)しいんだけど、意外とメニューは普通だ。ローストビーフなんてなかなか食べられない。ここで食いだめしておきたいのが庶民の性(さが)だよね。

　そう思いつつ、ローストビーフをフォークでまた一つ口に入れた。

「他の料理は食べないんですか?」

　もう一人の女の子がたずねてくる。学年は三年生ぐらいだろうか。

「他の料理も食べてあげたいのはやまやまです。誰にも手をつけられないかわいそうな料理たち、彼らを救ってあげたい。でも、私の胃袋じゃこのローストビーフを食べきるのが限界なんです」

ごめんよ、たぶん美味しいであろう他の料理たち。でも、君たちを救うには私の胃袋の容量が足りない。

「な、なんで食べることに義務感をもってるの……？」

「それってエトワさんがローストビーフ食べたいだけじゃないですか？」

「それもあるかもしれません」

お家ではなかなか食べられないしねー。あと二年は食べなくてもいいぐらいの勢いで食べておきたい。

二人は私のそばに留まってくれる。どうやら話し相手になってくれるらしい。

「パイシェンさまから頼まれたの。こういうパーティーで侯爵家の人間は自由に動けないから、私たちの代わりに話し相手になってあげなさいって」

「あ、別にそれだけが理由じゃないですよ。これから桜貴会の仲間になるんですから、私たちも話しておきたかったですし」

パイシェンせんぱ～い。その優しさにちょっとじ～んとくる。

来てくれた二人も偽りない気持ちだと思う。だってさっきから二人とも、周りの生徒たちにちらちらと見られている。彼女たちも桜貴会に入れる家柄の子なのだ。パイシェン先輩ほどでなくても人気者なのだと思う。なのに、わざわざ時間を割いて私のもとに来てくれたのだ。

「まだ自己紹介してなかったわね。私はレニーレ。アジオ伯爵家の娘よ」

「私はプルーナです。家名はモズですよ。レニーレさんと同じ伯爵家です」

二人が自己紹介してくれた。レニーレさんにプルーナさんね。忘れないようにしなければ。

レニーレさんは五年生。プルーナさんは三年生らしい。

「エトワです。よろしくお願いします」

たぶん知ってるだろうけど、私も一応自己紹介をしておく。

それからしばらく、レニーレさんとプルーナさんは私と話してくれた。結構、打ち解けられたんじゃないかなって思ってる。

三十分ぐらい話して、二人は「それじゃあ、また別の子が来るから」と言って去っていった。

私から離れた瞬間、様子を窺（うかが）っていた生徒たちが寄っていく。やっぱり人気者じゃないか〜、私のために時間を取ってくれてありがとう〜。

次に来たのは、男の子の二人組だった。どっちもプルーナさんと近い年頃だと思う。

「お、俺はカサツグ。よ、よろしくなっ」

「僕はコリットです」

犬歯が光る、いたずらっ子そうな男の子がカサツグくん。優等生っぽい眼鏡の子がコリットくん。

二人とも自己紹介によると伯爵家の子供らしい。伯爵家は桜貴会のボリューム層で、ルーヴ・ロゼに数多くいる伯爵家の子たちの中でも特にふさわしいと認められた、選ばれた者だけが会に入れるんだとか。

この男の子たちは二年生だった。パイシェン先輩やプルーナさんの一つ下だ。

なぜか最初気まずそうにしてたカサツグくんは、突然、手を合わせて私に謝った。

「ごめん！　初めて会ったとき椅子を引いたのは俺なんだ。許してくれ～！」

「ああ～、いいよ～いいよ～」

そういえば、初めて桜貴会の館を訪れたとき、椅子を引くいたずらをされたんだった。すっかり忘れてたけど。ずっとそのことが気まずかったらしい。私は手を振って、ぜんぜん気にしてないことを伝えた。

私の言葉にカサツグくんは、ほっと胸を撫で下ろした。

安心したカサツグくんは、私の皿に積まれたローストビーフの山を見て羨ましそうな顔をする。

「ローストビーフかぁ、美味しそうだなぁ」

きっとカサッグくんたちも人気者だから、人に囲まれてなかなか料理を食べられないのだろう。

「食べる？」

「いいのか？」

私の差し出したローストビーフに、カサッグくんはぱくっと食いついた。

いい食べっぷりだ。相当、お腹がすいてたんだろう。

リンクスくんたちは大丈夫だろうか。ソフィアちゃんにもローストビーフを渡しておけば良かったかもしれない。ちょっと心配になる。

ひとまず私も、もう一口。

「コリットさんは食べますか？」

私はコリットくんにもフォークに刺したローストビーフを差し出す。コリットくんはちょっと赤面して首を横に振った。

「ぼ、僕はいいです……」

そっかー。

それから二人としばらく雑談して、お別れした。

次に来たのは男女の二人組。二人とも四年生らしい。

女の子のほうはお茶をよく淹れてくれる人だから名前を覚えていた。シャルティさんだっけ。男の子はエッセルさんというらしい。

二人とも三十分ほど私と話してくれた。どちらも貴族らしいキリッとした人たちだった。

パーティーは全部で二時間半ぐらいだから、あと四十分ぐらいで終わる。

一人で過ごさなくていいのは本当にありがたい。パイシェン先輩と桜貴会のメンバーの人たちにお礼を言わなければならない。

別れ際にシャルティさんが言う。

「次はユウフィが来てくれるはずだからよろしくね」

桜貴会のメンバーは護衛役の子たちと私を除くと、パイシェン先輩を入れて八人だったから、最後の一人になったらしい。

私はまた会場の隅っこで、ぼけーっとしておくが、誰も来る気配はない。

まあみんなが好意的というのも不自然で、私と話したくない子もいるだろうなぁ、となんとなく察することができた。

私は残り時間をローストビーフと過ごす。すると、後ろから声がかかった。

「ローストビーフは美味しいかね」

「はい、肉汁がちゃんと残ってて、ソースがよく合ってて、とっても美味しいです」

「ほっほっほ、そうかい。今日の料理はコックが腕によりをかけて作ると言っていたからね。その感想を聞いたらきっと喜ぶよ」

顔を少し後ろに向けると、白い髭の優しそうなおじいさんがいた。

まさか……この子がユウフィちゃん!?

＊＊＊

ってそんなわけあるかーい！

私は自分にセルフツッコミをする。

白い髭のおじいさんは会場で話すことに夢中な貴族たちを見て、少し寂しそうに言った。

「こういうパーティーでは多くの者が有力な者との繋がりを作ろうと腐心する。裏方としてパーティーを支える者たちが、彼らに楽しんでもらおうと腕によりをかけて料理を作り、懸命に音楽を奏でても、ほとんどの者はそれに気づかない……。我々は贅に慣れすぎたのかもしれん……」

そう呟いて、はっと表情を変え、優しげな笑顔に戻って私に言った。

「すまん、年寄りの愚痴を聞かせてしまったのう。お嬢さんが美味しく食べてくれたら、そういう者たちが喜んでくれるという話じゃ」

「そうですか、良かったです」

糸目だから何も変わらないんだけど、笑顔を作っておじいさんの顔を見上げると、おじいさんが目を大きく見開いた。その視線は私の額の烙印に向けられている。

「そうか……君が……あの……」

その顔は痛ましいものを見るような、おじいさんのほうが辛そうな表情になる。

しわの刻まれた手が伸びてきて、私の額を優しく撫でる。掠れた声で、おじいさんは呟いた。

「彼らは自分たちを追い詰めすぎる……」

悔やむような声で、なぜか私に謝罪をする。

「すまない、君がそうなってしまったのは、わしらのせいでもあるんじゃ……」

私はきょとんとしてしまった。おじいさんの言葉の意味がわからない。こうなってしまったのは、私が魔力をもって生まれてこなかったせいで、おじいさんが悪いわけがないと思う。

　私が首をかしげてると、おじいさんは何かの紋章が彫られたペンダントを私の手に握らせて、こう囁いた。

「もし将来、何か困ったことがあったら、そのペンダントを城の者に見せて、ユーゼルという人に会いたいと言いなさい。必ず助けになるよ」

　ユーゼル。あれ？　どこかで聞いたことがあるような。

　そう思っていたら、文官らしき格好の人がおじいさんのもとに駆け寄ってきた。

「陛下！　体調はもうよろしいのですか⁉」

「ああ、だいぶよくなった。もう大丈夫じゃ」

　その声で会場中の視線が一気におじいさんのほうに向く。

　おじいさんの姿を見つけた貴族の人たちは、すぐにでも駆け寄りたそうな、けれど恐れ多くてそれもできず、じっと機会を窺うような、そんな顔になった。

　会場中の視線がこちらに集中している。

　少なくとも私と二人でのんびり話してるような雰囲気ではなくなった。

　呆然とする私を見て、おじいさんはちょっと残念そうに笑う。

「すまんのう、シルフィールのお嬢さん。またどこかで話そう」

「は、はい……！」

国王陛下と話してたのかー！　びっくりしたー本当にー！

陛下は私を貴族の視線から守るかのように、そちらへと歩み寄っていく。そこには瞬く間にこのパーティーで一番大きな人だかりができていった。

＊＊＊

パーティーが終わると、ソフィアちゃんが私のもとに駆け寄ってきた。

「エトワさま〜！」

もう機嫌は直ったみたいだ。良かった。

「エトワさま、陛下とお話ししてましたよね。何を話してらしたんですか？」

おお、見てたのかい。ソフィアちゃんたちなら当然、陛下の顔も知ってるよね。なるほど。

「パーティーの料理が美味しいねって話したよ」

額の印を見て謝罪されたのは秘密にしておいた。きっとソフィアちゃんは気にするだろうし。

「そうなんですか。そういえば私もお腹すきましたぁ……」

ソフィアちゃんはお腹を押さえて眉尻を下げる。

ああ〜やっぱりお腹減るよね。パーティー中は人に囲まれて、動き回れずに大変そうだったし。

私はドレスの袖からあるものを取り出す。

「はい、これでもお食べ〜」

もったいないからアルミホイルにローストビーフを包んでおいたのだ。ちょっと意地汚いけど、国王さまも言ってたように、作ってくれた人に恨まれるような行為ではないはずだ。

「わぁ、いいんですか!?　ありがとうございます！」

ソフィアちゃんはローストビーフを見て目を輝かせると、手づかみで口に入れた。貴族の子だけど、そういうところを気にしないのも、ソフィアちゃんの魅力だ。

「美味(おい)しい〜！」

きっとこの天使の笑顔を見たら、コックさんもこの料理を作ったことを誇りに思うだろう。

ソフィアちゃんに満足するまでつまんでもらい、残りは他の子にあげようと思って袖に戻した。

ソフィアちゃんと二人で歩きながら、リンクスくんたちがいるであろう、馬車のある場所に向かう。

「そういえばソフィアちゃんは陛下とお知り合いなの？」

「はい、何度かお会いさせていただいたことがあります」

へぇ、やっぱり侯爵家ともなるとすごいんだねぇと感心する。私は初めてお会いしたよ。優しそうな人だったなぁ。

そこまで考えて、ふと疑問が浮かぶ。

この世界の貴族はほとんどが強力な魔法の使い手だ。お父さまも見た目は線の細い美中年だけど、戦ったら強そうなオーラみたいなのを放っている。けど、あの優しそうな王さまが戦う姿は、なぜかまったく想像できなかった。

「国王陛下もすごい魔法の使い手なの？　とても優しそうな人だったけど」

この国に伝わる話では、貴族の最高位である四人の公爵は、同時に最高の魔法の使い手でもあるとされている。そして王家に仕える十三人の騎士、彼らもこの国では最高峰の魔法使いたちだ。

でも、王さまやその親族について魔法使いとしての評判は聞いたことがない。

そう、ないのだ。

魔法が重要視されるこの世界で、不思議とまったく。

私の疑問にソフィアちゃんが目を見開く。

それからちょっと困った表情をして周囲を窺った。これはあんまりよくない話題だったっぽい。

「そういえばエトワさまは、社交界に出たことがないから、そういう話には疎いんでしたね……」

ソフィアちゃんは珍しくひそひそ声で言った。

「王家の方々は王位を血族の長子に継がせるとほぼ決めています。長子であれば魔法の素養がない方でも継ぐことができます。だからでしょうか、お力がどんどん薄れていく傾向にあるんです……」

そうだったのか……

貴族たちの爵位の継承は知っての通り、その子の魔法の資質にかなり左右される。

私なんかはその極端な例だ。

他の貴族にはシルフィール家のような、魔力がない子に印をつけて追放する制度はないけど、第二子や第三子に傑出して魔力の強い子が生まれたら、跡継ぎに指名するなんて話は聞く。

ルイシェン先輩とパイシェン先輩の兄妹も、ルイシェン先輩のほうが魔力が高かったらしい。

パイシェン先輩も十分に跡を継げるぐらいの魔力があったから、継承権は移ってしまったけど。

魔力、血筋、当主としての資質、醜聞、名声、いろんなバランスで貴族の後継者たちは選ばれる。しかし、それは常にその家を継げるだけの最低限の魔力があることが前提とされている。

逆にシルフィール家以外でも魔力がない子は稀に生まれているはずだった。他の家では、それがなかなか表に出てこないのは……――なんて怖い噂もあったりする。

「少なくともここまで王家が続く間に、五回ほど魔力の途絶があったといわれています。王族の方々もなるべく魔力の高い女性を妃に迎えて力を安定させようと試みてるらしいのですが、あまりうまくはいってません……。だから十三騎士という制度で、この国の安定を得ようとしています」

ソフィアちゃんの話では、今の国王陛下は子爵位の人と同じ程度の魔力らしい。

第一王子もそれと同じ程度。

第二王子は一番才能があり、伯爵位ぐらいの素養があるという。

第三王子のアルセルさまは、ちょっと弱めで男爵位クラス。貴族としてはぎりぎりの魔力だそうだ。

あとお姫さまもいるんだけど、あんまり魔力はないんだとか。

ソフィアちゃんはいつもと違う、ちょっと大人びた表情をして言う。

「そんな王家の在り方に疑問を抱く者もいます。でも私は今の王家の方々を支持します。貴族が己が力を重視し、権益を確保するこの国で、王家の方までもが力をその地位の基準にしてしまったら、すべてが力に支配される国になってしまいます。力ではなくその資質によって国を治める。そんな王家があるからこそ、この国は安定していられるんです。それを守るために十三騎士だけじゃなく、私たち風の一族がいます」

それはたぶん、ソフィアちゃんのシルウェストレと呼ばれる側面なのだろうと思う。

シルフィール公爵家を頂点として、『王家の盾』と呼ばれる六つの家の人間たち。

ソフィアちゃんはそこまで話して、はっとしたように私を見る。

「すみません、エトワさまにはご不快な話でしたよね……」

たぶんきっと、額の印のことを言ってるのだろう。

私はいやいやと首を振る。

「ソフィアちゃんや、あのユーゼルさまが治めてくれる国なら、私も安心して暮らせるよ」

うんうん、平民になっても安心だ。

ソフィアちゃんはそれを聞くと、少し寂しそうな顔をした。

十五歳になったら、ソフィアちゃんと私は別の道を歩まなければならない。

「十五歳を過ぎても、ずっと友達でいてね？　いろいろ忙しいかもしれないけど、たまには遊ぼうね」

でも私の言葉でソフィアちゃんはすぐに笑顔を取り戻した。

「は、はい！　私のほうこそ。絶対、絶対ですよ！」

第二章　生徒会選挙

エントランス・パーティーから一ヶ月ぐらいが経った。

桜貴会の人とも結構仲良くなれた感じの今日このごろだ。

そんなある日のお昼休み、桜貴会の館に行くと、パイシェン先輩がなんか書類をひたすら書いてた。

「なんですか？　それ」

私がたずねると、パイシェン先輩が顔を上げる。

「生徒会長の立候補のための申請書よ」

「先輩が、せいとかいちょー!?」

パイシェン先輩がすっと立ち上がり、私の頬をつまみ上げる。

「しぇ、しぇんぱい……まだ何も言ってません……」

無実だ。変なこと言うつもりなんてなかったよ。本当だよ。

「普段の言動よ」

パイシェン先輩は私の頬を放すと、ちょっと疲れたように自分の肩を叩く。

「お兄さまがいなくなって、生徒会長の席が空席になっていたのよ。今は副会長が代理をしてくれているけど、そろそろ次を決めないとって話になってね」

「でもパイシェン先輩って三年生ですよね」

普通、生徒会長って最上級生がやるものではないだろうか。

「私はニンフィーユ侯爵家の娘よ。現状、小等部では侯爵家が最上位の家格。その中で一番の年長者は私。だから私が生徒をまとめていかないといけないの」

なるほど〜。貴族の学校では年齢だけでなく、身分も考慮して生徒会長を決めるらしい。私の学年だとソフィアちゃんたちの誰かが生徒会長をやるのかもしれない。

身分社会の極致だと言えるかもしれないけど、パイシェン先輩を見ると、やるほうもやるほうで大変そうだ。

私も先輩を応援することにする。

「私も先輩に一票入れますよ！　あと、手伝えることがあるならなんでも言ってください！」

ぐっと力こぶを作ってみせる。ぺらぺらの腕が、棒のまま折れ曲がっただけだけど。

「ありがと。でも別に心配することはないわ。どうせ立候補するのは私だけだもの。だから、この書類を仕上げれば、この件は終わりよ」

「なるほど～」

貴族社会は空気の読み合いだ。

パイシェン先輩が出る以上、それより身分の低い子たちは立候補しないのだろう。先輩は、水の派閥のナンバー2といわれる家の次期当主なのだ。わざわざ波風立てたいと思う貴族のほうが珍しいのかも。

＊＊＊

そして生徒会長選挙、立候補者の公示日。

掲示板には二つの名前が並んでいた。

パイシェン・ニンフィーユ。プラチナクラス三年。

クレノ・ルスタ。ゴールドクラス五年。

貼り出された紙を見て、生徒たちが騒ぎ出す。

「まさかパイシェンさまを相手に立候補する者がいるなんて……」

「クレノ・ルスタ、いったい誰なんだ？　聞いたことがないぞ？」

「侯爵家の方が出るのに立候補するということは、それなりの身分の方？」

「私、知ってるわ。平民出身の男子生徒よ！」

「へ、平民が生徒会長に立候補⁉」

そこにパイシェン先輩がやってくる。

高貴な者が纏うオーラとかがあるのか、その姿を見ると誰もが道を譲った。

掲示板の前にやってきたパイシェン先輩は、二つの名前が書かれた紙をじっと見つめる。そんな彼女を生徒たちが固唾を呑んで見守る。かく言う私もそこにまじっていた。

パイシェン先輩は紙を二十秒ほど眺めると、私に向かって言う。

「行くわよ。エトワ」

「は〜い、せんぱーい」

ここは逆らわないほうがよさそうだ……

空気を読んだ私は、しずか〜に、しずか〜についていく。しずしず。

他の人たちはついてこなかった。顔に冷や汗を浮かべて見送っている。

人気のない場所まで来ると、急に先輩は俯いたまま笑いだした。くっくっく、とちょっと悪役じみた笑いだった。怖い……

顔を上げたパイシェン先輩の目は完全に据わってた。

「ニンフィーユ家の娘である私に勝負を挑んでくるとは、いい度胸じゃない。生徒会長への立候補は自由だものね。こうじゃなきゃ面白くないわ」

やっぱりなんというか、こういうところはルイシェン先輩の妹なんだな～って感じがする。

いや、良い意味でね、良い意味でだよ。

ソフィアちゃんみたいに貴族なのに気さくなタイプの子も魅力があるけど、パイシェン先輩みたいに貴族の令嬢としてプライドもってやってるタイプもかっこいいと思うのだ。

パイシェン先輩の場合、なんだかんだ私みたいなのも困っていたら助けてくれるしね。たまに意地悪スイッチが入っちゃうこともあるけど～。

「先輩、私も微力ながら応援しますし手伝いもしますよ～」

「そうね、私が勝つのは当然の話だけど、逆に言えば万に一つでも負けるわけにはいかないわ。投票日までの二週間、全力でいくわよ。エトワ、あんたの力も借りるわ」

「あいあいさー！」

そんなわけで、名門貴族のパイシェン先輩対、謎の刺客クレノ先輩の選挙戦が始まったのです。

失格

＊　＊　＊

次の日の昼休み、桜貴会のお茶会が終わったあと、私は部屋に残る。

生徒会長選挙の作戦会議のためだ。

ちなみにソフィアちゃんたちは教室に戻っていた。残っているのは、私ともともとのメンバーの人たちだけだ。

私も今日はポムチョム小学校に行かなきゃならないんだけど、パイシェン先輩に「足の速い馬車を用意している」と言われた。そんなわけで参加者である。

いわゆる選挙対策委員会。

全員が集合したところで、パイシェン先輩が確認するように言う。

「みんな、選挙で重要なことはわかっているわね」

「はい！　名前と顔を覚えてもらって、たくさんの人に候補者の考えを伝えることです！」

私は自信満々に、パイシェン先輩の似顔絵を一生懸命に描いた手書きポスターを見せた。

パイシェン先輩がそれをバシッと取って、くしゃっとする。

「ああっ、午前の授業中に一生懸命書いたのに！」

「貴族の選挙に勝つ方法は、より多くの派閥（はばつ）を押さえることよ。あと、授業はまじめに受けなさい」

「あい……」

パイシェン先輩に軽く頭をペシッと叩かれた。

派閥（はばつ）とな……

「それってシルフィール公爵家と風の一族や、ウンディーネ公爵家と水の一族みたいなのですか？」

「そうね、基本的に貴族は派閥（はばつ）ごとに投票するわ。一番大きな区分としては、エトワが言ったように四公爵家を頂点とする風、水、火、土の派閥（はばつ）よ。でも、そこをまとめる人間がいなければ、侯爵家や伯爵家などをリーダーとして、より小さな単位に分かれていくわ」

おお……なるほど……

日本の学校の選挙のように、みんな自由気ままに投票先を決めるわけじゃないんだ。

私は元の世界でやっていた、ある意味、適当でやる気の欠けた生徒会選挙を思い出す。

「でもそれなら、パイシェン先輩の楽勝じゃないですか？」

ニンフィーユ侯爵家といえば、水の派閥でもナンバー2の存在。ナンバー1であるウンディーネ家のシーシェさまは中等部なので、水の派閥の貴族たちはニンフィーユ家に従うはずだ。

つまり最も大きな派閥の一つ——四分の一の票をパイシェン先輩はすでに押さえてることになる。

この時点で、選挙では圧倒的に有利だ。

なのにパイシェン先輩の口から出てきたのは、大きなため息だった。

「どうかしらね……。プルーナ、対立候補であるクレノ・ルスタのデータを読み上げて。私はもう目を通したけど、みんなにも知ってもらう必要があるわ」

「はい」

パイシェン先輩と同い年のプルーナさんが、クレノ・ルスタのデータをみんなに聞かせる。

「クレノ・ルスタ、皆さんも噂で聞いたと思いますが、平民出身の生徒です。学年は五学年、ゴールドクラスに所属しています」

そこまではみんなも知ってる通りのことだった。

「学業の成績はきわめて優秀、素行もまったく問題がなく、貴族からの覚えも良い生徒です。特に魔法の才能は傑出しています。ゴールドクラスなのはあくまで平民出身という理由からで、魔力そのものはルイシェンさまにも並ぶだろうと言われています」

「お兄さまに並ぶ、ね……」

うおぉぉ……、なんか結構すごいプロフィールだった気がする。

「すでに王族や多数の貴族から注目を浴び、王族からは騎士団へのスカウトが、風水土火の各派閥からも重臣や私兵としてのスカウトがきています」

絶大な魔法の力でこの国の特権階級にいる貴族たちは、その立場にあぐらをかいている者ばかりじゃない。平民でも才能がある者を見つければ、自分たちの仲間に引き入れようとする。

平民が力をもつのが嫌なら、その平民を仲間にしてしまえばいい。そんな考えなのだ。

それでも平民に対する警戒心は強く、その手続きは周到で、幼少期から貴族と一緒の学校に入れ、援助して恩を売ってから、叛心がないことを確認し、ようやく仲間に引き入れる。

ルーヴ・ロゼという学校自体が、そのための場所になっていた。

「特に今一番親しくしているのが、グノーム公爵家のスカウトの者です」

ざわっと、桜貴会のメンバーの顔色が変わる。

グノーム公爵家。土の一族の頂点である公爵家の名だ。しかし、そんなに問題があるのだろうか。

貴族についてはちょっと知識の劣る私がついていけずにいると、パイシェン先輩が私のほうを見て、気づいてフォローしてくれた。

「つまりクレノ・ルスタの後ろには、グノーム公爵家とその派閥(はばつ)がついている可能性があるのよ」

な、なんですとー！

それって最大の派閥(はばつ)のうちの一つが、あちらの味方になっているということだよね……

「な、なんでそんなことを……」

グノーム公爵家もニンフィーユ侯爵家も、同じ貴族同士ではないか。

なぜ、わざわざそんな波風立てるような真似を？

「さあね、あの家の考えることはよくわからないわ。でも、彼らは四つの公爵家の中で最も平民との強い繋がりをもっているの。こういうことをしてきてもおかしくないわ。

彼らの家訓は、この大地の平和と調和を守ること。グノーム家の考えでは、貴族も平民も同じ大地の子と呼ばれ、保護する対象とされている」

「それってすごくいい人たちじゃないですか⁉」

かなりいいことを言ってる感じがする。平民のことも考えてくれる貴族って、私みたいな一般人の視点からすると、かなりいい感じだ。

でも、それにパイシェン先輩は皮肉げな笑いを返した。

「建前だけ聞けばね。ただ、主義主張はきれいでも、それに行動が伴うとは限らないわ。この大地の平和と調和を守る——それって裏を返してしまえば、この国を守ろうとは考えていない、自分たちの考えに反するなら王家にだって剣を向ける、ってことよ。実際、グノーム公爵家は過去五回も王家に対して反乱を起こしているの。信用できたもんじゃない」

その言葉にレニーレ先輩が俯いた。パーティーで最初に私に話しかけてくれた五年生の先輩だ。

パイシェン先輩もすぐにそれに気づいて謝る。

「ごめんなさい、レニーレ、言いすぎたわ」

「いえ、事実です……」

「あなたのアジオ伯爵家は、土の派閥だったわね。グノーム家から連絡があるかはわからないけど、もしあったらグノーム家の方針に従いなさい。桜貴会は所詮、学生時代だけの付き合いよ。自分たちの家が所属する派閥の意思より優先することはないわ」

「いえ、私はパイシェンさまを応援します！　家命が下ったとしてもです！」

レニーレ先輩は真剣な表情で、パイシェン先輩に言った。

それにパイシェン先輩はふっと笑って、「ありがとう」とお礼を言う。

「そういうわけで、今回の相手は決して油断できるような相手ではないみたいよ。慢心していれば、足もとを掬われることになりかねないわ」

その言葉に私たちは気を引き締める。

「シャルティ、情勢の分析を聞かせて」

「はい、パイシェンさま」

いつもお茶を淹れてくれるシャルティ先輩が、ノートを見ながら今の情勢を述べる。

「ルーヴ・ロゼの小等部の生徒数は、全学年合わせて892名です。その中で侯爵家が5名、伯爵家が98名、子爵家が221名、男爵家が528名、それから平民が39名です。あ、あとエトワさんが1名です」

ルーヴ・ロゼは各学年が三つの大きなクラスに分かれていて、ブロンズクラスが各30名、ゴールドクラス、プラチナクラスがそれぞれ20名で構成される。子供の数は年によって変わるので、その分はブロンズクラスの数で調整する感じだ。

私たち一年生はブロンズだけで五クラスある。

「この中で、風の派閥に属するのが１６６名、水の派閥に属するのが１９９名、火の派閥に属するのが１６１名、土の派閥に属するのが３１６名、それと１０名が所属する派閥をもたない貴族です」

土の派閥、多っ⁉

びっくりした私に、犬歯が特徴のカサツグくんがこっそり教えてくれる。

「土のやつらはもともと子だくさんで分家が多いんだよ。よく平民とも結婚したりするし」

へぇー、なるほど～。

シャルティ先輩が咳払いして話を続ける。

「こほんっ、パイシェンさまの家は水の派閥をほぼ傘下に収めていらっしゃいますので１９９票は確実に入ります。それから私たち桜貴会のメンバーも今朝、パイシェンさまへの支持を表明したので、パイシェンさまと同じ水の派閥に属するカサツグ、ユウフィを除いた私たちの傘下の票が５０票ほど。合わせて２４３票です」

えっと、土の派閥が３００名超えてるんだよね……

結構厳しい⁉

私は思いっきり動揺したけど、パイシェン先輩はにやりと余裕の笑みを見せた。

「つまりグノーム公爵家の出方次第って感じね」

「は、はい。その通りです。グノーム家が直接命令を出すのか、それとも配下の者たちを通して命令を出すのかで、傘下(さんか)の貴族たちの動きも変わります。土の派閥(はばつ)316名に平民たち39名を合わせると355名でこちらの数を上回っていますが、あくまで内密の命令となるので全員が従うわけではないと思います。ですが仮にグノーム公爵家の名で命令が下されれば、過去のデータから90％は従うと思います。その場合、あちらには320票の固定票があることになります……」

や、やっぱり固定票では負けてるってことかぁ。

シャルティ先輩はそこまでは厳しい表情だったけど、そこからは表情を和(やわ)らげた。

「ただ浮動票である残りの貴族たちの票はパイシェンさまに入ると思います。簡単な聞き取り調査をしたところ、パイシェンさまへの支持が圧倒的でした。派閥(はばつ)は違えどみんな貴族ですし、パイシェンさまに憧れている者は多いです。そもそも平民が生徒会長になるなど前例のないことですから。そこまで考えると、勝てる選挙かと思います」

その分析に、私もほっとする。良かった、そんなに厳しくはないみたいだ。

桜貴会の人たちにも安心した空気が流れる。

しかし、パイシェン先輩はその空気を破るように、ばんと机を叩いた。

「それじゃあ、確実に勝てるとは言えないわ！」

さ、さいですね……

「こうなると他の派閥にも私への支持を表明してもらう必要があるわね。他の派閥の様子はどう？」

「はい、まず火の派閥ですが、小等部にいるのは伯爵家以下の人間ばかりで、派閥をまとめる者が不在です。プルーナとエッセル、コリットの傘下を合わせて３５票。あとは伯爵家のもとで小規模の派閥を作ってる家が三つほど。そこからまとまって取れるのは３０票ほどでしょうか」

「そもそもあそこの家訓は『自らの意思を貫く』ですしね……。当主がそうである以上、大きな組織票は期待できないわ。ほとんど浮動票と考えたほうがよさそうね。そうなると……」

パイシェン先輩が私を見る。桜貴会の人たちの目も私に向く。

わ、私ですか!?

ていうか、水は制圧済み、土は敵、火はバラバラとなると、確かにあとは風しかない。

戸惑う私にシャルティ先輩が補足してくれる。

「風の派閥は、以前までは伯爵家の子たちが小さな派閥をまとめていましたが、シルウェストレの君たちの入学により、五つの大きな派閥にまとまりました。スカーレット家のリンクスさま、レオナルド家のクリュートさま、オルトール家のミントさま、アリエル家のスリゼルさま、フィン家のソフィアさま。一人でも説得できれば30票以上がこちらに入ることになります」

パイシェン先輩たちから期待されてることはわかる。

でも、私はちょっと困った顔になる。引き受けるのは別にいいのだけど。

「えっと、命令とかはできないですよ。仮の主の権力であの子たちの意志を曲げるのとかはちょっと」

パイシェン先輩が真剣な顔で頷く。

「それで構わないわ。そもそも彼らとは同じ侯爵家同士。あなたの特殊な状況を利用するのは恥ずべきことよ。あくまであなたには私を彼らに売り込んでほしいの。生徒会長にふさわしい人間として」

「なるほど、パイプ役ですね」

私はほっとする。

今回の作戦会議に呼ばなかったのも、彼らを対等な相手として見てるからだろう。私は最初からパイシェン先輩の味方になるって言ってたしね。味方に入れてもらえて嬉しい。

まあちょっとした誤魔化し（ごまか）しや建前は含んでると思う。けど、パイシェン先輩も悩んでちゃんと一線を引いてから、こんな形で頼んでくれてることはわかった。だから私のできる範囲で協力してみようと思う。

「わかりました。パイシェン先輩の親善大使として、ソフィアちゃんたちを勧誘してみますね」

＊＊＊

今日の私は護衛役の子たちの仮初（かりそめ）の主（あるじ）ではない。

パイシェン先輩の選挙対策委員にして、パイシェン先輩からの親善大使でもある。

家に帰って部屋着に着替えてご一考――さて誰から話を持っていこうか。

護衛役の子たちはご存知、リンクスくん、ソフィアちゃん、ミントくん、クリュートくん、スリゼルくんの五人。その中でも、パイシェン先輩との関係があまりうまくいってなさそうなのは、やっぱりリンクスくんとソフィアちゃんだ。

特にリンクスくんが難しいと思う。

遺跡での事件以来、私には優しく接してくれるようになったけど、もともと気の強い性格だ。

最初のお茶会のときも、パイシェン先輩を相手に一歩も引かずにぶつかっていた。

簡単に折れる性格ではないし、男子と女子では関係の修復にも時間がかかるだろう。

そうなると、最難関かもしれない。

簡単なほうから攻略して勢いをつけて、という手もあるけど――

私は数秒悩んで決めた。

あえてここは一番難しいほうからいってみよう！

そういうわけでリンクスくんのお部屋にお邪魔だよー。

扉をコンコンして「誰だ」と聞いてくる声に「私だよ～」と答えると、「エ、エトワ!?」と驚いた声がして、少しどたばたするのが聞こえた。

十秒後に扉が開いて、赤い髪の美少年が姿を現す。

「ど、どうしたんだよ……」

まずは軽く質問してみる。

「リンクスくんは生徒会長選挙、どっちを支持するか決めてるかい～？」

「それか……。特には決めてない。そもそもあんまり興味もないしな」

「それじゃあ、パイシェン先輩にしてみない？　あ、命令とかじゃないからね。護衛役とは関係ない個人的なお話だってことは、まずご理解ください。ほら、パイシェン先輩ってとっても頼りになるし、生徒会長に向いてると思うんだよね」

その言葉に、リンクスくんは私を少し睨む。

「お茶会のあと残ってたけど、あいつに何か頼まれたのか？」

「そ、それは確かにそうだけど。でも、私も先輩に生徒会長になってもらいたいから協力してるの」

リンクスくんは、ちょっと不満げな顔をする。

「なんで意地悪してきたやつに、そんなに肩入れするんだよ……」

やっぱりあの件がまだ引っかかっていたか～。

「確かに初対面のときの印象はお互いによくなかったよ。でも、森でウォーターエレメントに襲われかけたときは助けてくれたし、パーティーでも一人にならないように気を遣ってくれたし、いろいろ助けてもらってるんだよ。だから私も、先輩が困ってるなら力になりたいって思ってるの」

「う～ん、でもなぁ……。そんなに信頼されてると、それはそれで逆にむかつく……」

やっぱり感情のしこりがあるみたいだ。逆に、の意味はよくわからなかったけど。

リンクスくんは難しい顔をして悩んでいる。

これはだめかもしれない……。初対面の印象の悪さというのは、なかなか変えにくい。

リンクスくんの場合、原因は私への意地悪という間接的なことで、もうそれは改善されてるどころか、このごろはお釣りがきてるのだけど、リンクスくんに伝わるにはまだ時間がかかるのかも。

仕方ない、こうなったら最後の手段、女の武器を使おう！

手をお祈りみたいに組んで、完全に嘘泣きで目じりに涙を溜めると、あまりかわいくない糸目(いとめ)でリンクスくんを上目遣いに見つめ――っぽい角度を作る。

「リンクスくん、お願い……」

って、そんなの通じるかーい！

ソフィアちゃんみたいな美少女がやれば効果抜群なんだろうけど、そこは私。

まったく効果は――

「わかった……」

へ――？

さあ冗談はやめて次に行こうと思っていたら、私の耳に聞こえたのは、幻聴かと疑う言葉だった。

「支持を表明すればいいんだろ。ったく、わかったよ……」

しかし、リンクスくんは顔をそらしながらも、はっきりとそう言った。

幻聴じゃなかった！　ホワーイ!?

どうしてこうなったのかはわからない。でも、リンクスくんは了承してくれたらしい。

無理めでもお願いしてみるもんだねぇ、押しの強さが良かったんだろうか。ふふん、意外といけるじゃないか、護衛役の子たちの説得。

一番難しそうだったリンクスくんを説得できて、私も調子が出てきた。

「ありがとう、リンクスくん！　他の子の説得に行かなきゃいけないから、またね！」

「おう……、またな……」

私はリンクスくんに手をぶんぶん振ると、次の子のところへ行くために部屋を出た。

次は誰にしようかなぁっと考えつつ廊下を歩いてると、向こうからスリゼルくんが歩いてきた。

よし、次はスリゼルくんにお願いしてみよう。

「パイシェンさまへの支持を表明しろということですね。承知しました」

私が事情を説明し、そのことをお願いすると、スリゼルくんは笑顔であっさり頷(うなず)いた。

逆に私のほうが困惑してしまう。

「え、えっと、命令じゃないよ？　あくまで個人的なお願いだからね……」

「もちろん、わかっております。そういう扱いなのですね。お任せください」

え、えぇぇ……。本当にわかってる……？

その顔に浮かぶ笑顔に、どうにもズレを感じる。

でも、どう指摘したらいいのかわからない。一応、釘は刺してみる。

「そ、そう、じゃあスリゼルくんが自分の意思でパイシェン先輩に生徒会長になってほしいと思ってたら、支持の表明をお願いね。ち、違ったらいいからね……」

「エトワさまがそう思ってらっしゃるのですから、私も同じことを思います。当然のことです」

な、何かが違うよぉ……

しかし、スリゼルくんを説得する言葉がうまく見つからなかった。

無言の時間が流れる。

「それでは他にご用がないのでしたら、部屋に戻らせていただこうかと思います。よろしいでしょうか」

「う、うん……時間を取らせてごめんね……」

そのまま何も言えず、スリゼルくんは去ってしまった……

き、気を取り直して、次はミントくんのところへ。

「お願い！　次の生徒会長選挙、パイシェン先輩を支持してくれないかな？」

「わかった……考えておく……」

え、それわかったの？　わかってないの？

ぼんやりした目でそう返事をしたミントくんに、むしろ私のほうがわからなくなる。

そんな私と見つめ合い、ミントくんはこくりと頷（うなず）いた。

うん、そうか、わからん。

「それじゃあ、ご一考をお願いします」

「うん……」

ぺこりと頭を下げて、お別れする。

ミントくんについては説得できたかすらわからなかった。でも、感触的にはそんなにだめっぽい感じでもない。続報を待とう。

クリュートくんの説得は簡単だった。むしろ説得する必要がなかった。

「僕はそもそも最初からパイシェンさまへの支持を表明するつもりでしたよ!?　なんで

他の問題児たちと同じみたいに思われてるんですか。ああ、パイシェンさまが直接頼みに来てくだされぱいいのに……なんでエトワさまなんかを寄越してくるのか」

「なんかごめんねぇ」

クリュートくんの愚痴を聞いてあげる。

クリュートくんは公爵家の後継者になるために、最近は貴族の間での人脈作りをがんばっている。よく女の子に囲まれてるのはそのためだ。それが有効なのかはわからないけれど、他の子たちとは視点を変えてがんばってるのは確かだ。

それは彼を上回る優秀なソフィアちゃんたちへのコンプレックスの裏返しなのかもしれないけど。

「あのときだって僕は最初から桜貴会に入るつもりだったんですよ。ソフィアたちが起こした騒動に巻き込まれただけで、僕は貴族として無駄に波風を立てるようなタイプでは——むしろ協調性を重んじ高位貴族としてふさわしい——」

「うんうん、わかるわかる」

結局、二十分ほどクリュートくんの愚痴を聞いたあと、満足した彼に「くれぐれも僕は最初からパイシェンさまの支持者だったと伝えてくださいね！」と言われて部屋を出た。

これで説得できたのは四人中三人だ。もう一人も考えてくれるらしい。いい結果だと思う。

最後はソフィアちゃん。

リンクスくんと同じく、パイシェン先輩との間に感情的なしこりがある相手だけど、リンクスくんを説得できちゃった今、意外といけるのではないだろうか。

相性が悪いかなって思う部分もあるけど、ソフィアちゃんとパイシェン先輩は女の子同士だし、リンクスくんよりもわかり合うのは簡単だよね。

そういうわけでソフィアちゃんの部屋に説得に向かいまーす。

「いーやーでーすーーーーーー!!」

ドアをノックして歓迎されつつ部屋に入れてもらい、さっそく用件を……とパイシェン先輩への協力をお願いした私に、返ってきたのはまさかの反応だった。

ソフィアちゃんはベッドに座って、イーっという顔を私に向けている。

こんな表情初めて見る……

まさか、こんなに強烈な拒否反応を示されるとは……

「で、でもほら、なんだかんだ私たち、お世話になってるし」

「別にお世話になってません。エトワさまのことについても、あんな扱いをしたお詫びとして当然のことです。エトワさまが恩に感じることじゃありません」

説得しようとしても、取り付く島がない。

「パイシェン先輩はリーダーシップもあるし、生徒会長にも向いてると思うんだ～」

「ただ高慢なだけじゃないですか？」

「……そ、そんなことないと思うよ。それにソフィアちゃんにそんな、わ、悪口は似合わないんじゃないかなぁ～？」

「悪口じゃありません。事実です」

ソフィアちゃんはそっぽ向いて、ツーンとした表情で私に言う。

「そもそも派閥ごとに投票先を決めるという、貴族の選挙そのものがおかしいです。みんな自由に投票すべきです」

それは正論だった……

でもやっぱり現実はそうはいかない。まとまりを作ることによって、投票する側も影響力を得るという意図もある。完全な上意下達になってしまってはいけないけど、力を強めるために集団としてまとまるのは、人間がとれる重要な戦略の一つだ。

しかし、それを今ソフィアちゃんに言っても、対立する要素を増やすだけな気がする。

「わかった……ごめんね……」

説得を諦めて、私はしょんぼりと立ち上がる。

「あっ……」

ソフィアちゃんがなんだか悲しそうな顔で私を見たので、私は改めて補足しておく。

「無理して支持してほしいわけじゃないよ。本当に支持してもいいなって思ってるなら、してほしかっただけだから、ソフィアちゃんの言うことも尤もだし仕方ないよ。聞いてくれてありがとうね」

「はい……」

うう、気まずい。本当にごめんね……

親善大使としてのミッションは失敗だ。私はソフィアちゃんの部屋をとぼとぼと去った。

＊＊＊

結局、私の成果はというと、五人中三人という微妙な結果だった。

ざっと見てシルウェストレの子たちの９０票と、パイシェン先輩たちの２５３票で、こっちは３４３票。あちらはだいたい３２０票ほどの予測。

固定票としてはちょっと上回ったけど、確実に勝つというには微妙な成果だと思っている。

でも、この結果を後日パイシェン先輩に報告すると――

「ありがとう、十分よ。あとは私たちのほうで火の派閥の人間を細かく説得してみるわ」

と言ってくれた。もう私にできることはほとんどない。

できることといえば、放課後ルーヴ・ロゼに戻って、こうやって手書きポスターをぺたぺたと貼って回ることぐらいのものだ……。

とりあえずこの自作パイシェン先輩似顔絵ポスターを各学年の全掲示板に貼っていくことを目標にしている。

しかし、背が低いせいか、なかなかいい場所に貼れない。思いっきりジャンプして掲示板の一番低い位置に貼るのがせいぜいだ。

それはそれで仕方ない。きっと貼ることに意味があるはず。

一、二、三年生の掲示板には貼り終えたので、次は四、五年生の教室のほうに行ってみようと思う。

今の場所からだと、一番近いのは五年生の教室だ。

五年生の教室前まで移動して掲示板にたどり着き、いざポスターを貼ろうとした私は驚愕した。

と、ど、か、な、い！

なんと五年生の教室は、掲示板が下級生のものより頭二つ分ぐらい上に作られていた。

これではジャンプしても届きそうにない。

やっ！　ほっほ！　やっふぅーう！

三段ジャンプで挑んでみても無理だ。おかしい。三段目は通常より高く跳べるはずなのに。

このままじゃ、全学年の廊下にこのポスターを貼ってパイシェン先輩に親しみをもってもらうという私の計画が達成できない。私の前にそそり立つ、あんまり高くないけど私にとっては高い壁を見上げて、私は困った顔になった。

そんなとき、横からひょいっと腕が伸びてきて、私が抱えているポスターを器用に一枚だけ取ると、スッと掲示板に貼ってくれた。

しかも、今までのように下段の見栄えが悪い場所じゃなく、中央の目立つ場所にだ。

おお、おおお……

さっきまでより圧倒的に見栄えがよくなったポスターに、私は感動する。

「これでいいかな？」

頭上から声が降ってきた。

「はい、ありがとうございます！」

私は慌ててお礼を言う。

ぺこりと頭を下げたあと、視線を上げると、ポスターを貼ってくれた人が微笑んでいた。

親切にポスターを貼ってくれた人は美少年だった。恐らく五年生で、背は私よりだいぶ高い。

薄茶色をしたさらさらの髪は優等生っぽく整えられていて、でもうまくちょっとだけ崩してあるのか、不思議といい感じのラフっぽさがあった。

かっこいい、優秀そう、気さくな感じ、いろんないい印象がバランスよく同居している人物だ。

「どういたしまして。五年の教室だけ掲示板が高くなってるんだよね。よくプリントを貼りに来た子が困ってるから、見かけたら助けるようにしてるんだ。他の場所も貼るなら手伝うけど、どうする？」

「いいんですか⁉」

「うん、自分のついでだしね」

お兄さんもプリントを貼りに来たらしい。ありがたや～。

とてもいい人だ。名前、聞いてみようかな。

「お兄さん、名前はなんて言うんですか？」

「あれ？　知らない？」

お兄さんは私の言葉にきょとんとした。

あれ、どこかで話したことがあったっけ。ぜんぜん覚えがない……

そんな私に、お兄さんはさっきとはちょっと違う、意地悪そうな笑みを浮かべて言った。

「クレノ・ルスタ。君の応援してるパイシェンさまのライバルだよ」

＊　＊　＊

えぇぇぇぇぇぇぇぇぇぇぇぇぇ。

私はあんぐりと口を開けて、お兄さんを見上げてしまった。

こ、この人がパイシェン先輩のライバル⁉　クレノ先輩⁉

私の反応を見て、クレノ先輩は楽しそうにくすくすと笑いだす。

「そこまで激しくリアクションしてくれなくても、あははは」

笑っていらっしゃる。これ、どうしたらいいの。

警戒すべき？　でも親切にしてくれたよね。

あ、でもさっきちょっと意地悪そうな表情してた。

何か企(たくら)んでるのかもしれない。

迷って結局、警戒態勢になった私を、クレノ先輩は微笑んで見つめる。

「そんな警戒しなくても、取って食ったりはしないよ」

ライバルめ。優しいふりをして油断させる気だな。でも、私には通じないぞ。

むしろ、この機会にそちらから情報を引き出してやる。

「こ、こちらに近づいたのは何が狙いですか？」

「本当に助けようと思っただけだよ。僕もほら、同じことしてたからね」

そう言うとクレノ先輩は私よりだいぶクオリティの高いポスターを見せてきた。

おお、もしかして同志!?

「やっぱり選挙といったらこれだよね。僕の故郷でも町長選があって、その時期は町がポスターでいっぱいになるんだ。貴族の選挙ではあまり使わないらしいけど、これがないと落ち着かなくてね」

「わかります！」

ポスター作戦を提案したとき、パイシェン先輩からは「みっともない」と却下されるし、他の子にも「そういうのはちょっと……」と顔をそらされるし、寂しかったのだ。

ここにきて初めて見つかった同志に、私は感激する。

しかし、はっと思い出す。

この人はパイシェン先輩のライバル。そう、ライバルだ。簡単に心を許してはいけない。

危うく一瞬で懐柔（かいじゅう）されるところだった。

「選挙に出たのは何が狙いなんですか？　グノーム家に命令されたからですか？」

私は情報を聞き出すために質問する。

すると、クレノ先輩は邪悪そうな笑みをにやりと浮かべた。

「君、そんな素直に聞いて答えてもらえると思ってるのかい？」

た、確かに。

焦って質問が直球すぎた。これでは答えてもらえ――

「まあ、グノーム家に命令されたからなんだけどね」

答えたー！

私のびっくりした顔を見て、クレノ先輩は心底楽しそうにお腹を抱えて笑う。

これ、完全に弄（もてあそ）ばれてるよ……ちくしょう……ちくしょうめ……

「狙いといっても大したもんじゃないよ。グノーム家のご老人方のストレス解消さ。かの家はまた反逆者を出しちゃったからね。学生時代にもずいぶんと肩身の狭い思いをさせられたらしいよ。だからルイシェンさまが事件を起こして潰れても、桜貴会の代表も生徒会長の地位も順調に確保しそうなニンフィーユ家が気に入らないのさ。配下候補の平民を対立候補に立てて、少しでも足を引っ張ってやろうって算段だよ」

うわぁ、めちゃくちゃ詳しく教えてくれた……。いいんだろうか……

「まあ僕が立候補したのは、それだけが理由じゃないけどね。僕には別の目的があるんだ」

クレノ先輩はそう言うと、その整った顔に、また妖しげな笑みを浮かべる。

私はごくりと唾を呑み込む。

「別の目的って……？」

人気のない廊下でクレノ先輩と睨み合う……

少しの沈黙。

そのあと、クレノ先輩は口を開いた。

「小等部生活も今年で最後だし、思い出作りさ」

ニコッと笑って。

＊＊＊

「生徒会長選挙に出馬した目的が思い出作り!?　どういうことですか!?」

散々もったいぶったくせに、その理由が思い出作りとは、いかなることかありにけん。

問い返した私に、クレノ先輩が語りだしたのは、選挙とは一見何の関係もない話だった。

「エントランス・パーティーでさ、ウェイターに紙とペンを注文した子って君だろ？」

「え、は、はい」

なんで知ってるの？　もしかして見られてた？　いや、でも伝聞っぽい口調だ。

「やっぱりか。特徴が合ってたから、すぐにわかったよ。あれって俺の兄ちゃんなんだ」

そうだったのか。そういえばちょっと面影があるような……

というか、クレノ先輩、さっきと少し口調が違う。

ちょっと雰囲気の変わったクレノ先輩は遠くを見るような目をして言った。

「俺の実家は田舎で食堂をやってるんだ。別に有名店じゃないけど地元ではそこそこ繁盛しててさ。俺も魔力なんてなけりゃ、その食堂を手伝って料理や給仕の仕方を覚えて、たぶん同じ仕事を目指してたと思う。まあ兄ちゃんみたいにわざわざワインの銘柄覚えて、貴族相手の仕事をやろうとは思わないけどさ。俺の場合、もっと普通の人が立ち寄るような大衆的な店がやりたかったなって思ってる」

クレノ先輩の語った夢は、まだ若くて、目指すなら今からでも遅くないはずなのに、もうその夢を諦めてしまったような口調だった。

「それでさ。そんな夢を目指す前には、普通の商家の子供が通うような学校に通って、クラスの友達と遊んで、学級活動にも普通に参加したりしてたはずなんだよ。それでこの歳ならかわいい彼女の一人ぐらい、できていてもおかしくないと思わないか？」

いや、それは知らないっす。まあ、クレノ先輩ほどのイケメンなら、できてもおかしくないけど。

でも、クレノ先輩の語る普通の学校生活は、私には共感できた。普通の子供の普通の学校生活。

クレノ先輩はため息をついて続きを語る。

「なのに俺が過ごしてきた学校生活といえば、六歳のときに急に『お前には優れた魔力がある』と告げられて、『お前を援助してやるから感謝しろ』とか一方的に言われて。貴族の子供たちばかりのこの学校に放り込まれて、反感を買わないように目立たず騒がず落ちこぼれないよう勉強だけはやって。本当はもっと遊んだり、ふざけたり、彼女ができたり、そんな楽しいことが、きっとあったはずなのにさ。小等部の四年とちょっとを、それだけに使ってしまった。まあおかげさまで、実家は小金持ちだけどね」

クレノ先輩の言葉にこもってたのは、怒りや悲しみというより、ただ寂しそうな感情だった。大人びた認識力で現状に納得しながらも、過ごせなかった普通の日常に、どこか未練を抱いている。

今まで溜まったものを吐き出すように一気にしゃべったあと、決心を秘めた静かな声で先輩は言った。

「だから、小等部の最後の年ぐらい、周りのことは気にせず、思い切ったことをやってみようと思ったんだ。生徒会選挙だったら、きっと俺が通うはずだった普通の学校にもあっただろ。この四年とちょっとの間で俺が失った普通の学校生活のお礼参りには、ふさわしいイベントじゃないか」

クレノ先輩は悪ガキっぽい笑みを浮かべ、私に自作のポスターをひらひらして見せた。

「実はグノーム家からは、必要なことはこっちでやるから余計なことはするなと言われてるんだ。でもやめないよ。俺は俺でこの選挙に精一杯挑んでみせる。今までやれなかった平民なりのやり方でね」

そう言って笑うクレノ先輩の顔は楽しそうだった。

私はクレノ先輩の気持ちが少しだけ理解できた気がする。

豪華な設備、高度な教育、最高の人脈、この学校にはほとんどの人が望むものが存在する。クレノ先輩ほど優秀な人なら、多くの人が羨(うらや)むような将来だって得られるかもしれない。

不平不満だけを述べるのは、贅沢(ぜいたく)というものだ。

それでも代償で失ってしまった平凡な生活が、ふとどうしようもなく惜しくなるのだと思う。

なんか……ちょっと応援したくなってきた。

「あの、その、クレノ先輩のことも応援してますね！　投票はパイシェン先輩にしますけど」

「はは、一票ぐらいくれても、きっと罰(ばち)は当たらないよ？」

「それはできません」

それから私とクレノ先輩は、協力して五年生の掲示板にお互いのポスターを貼って回った。まあ、ほぼ私が手伝ってもらったんだけど。

すべての作業が終わったあと、クレノ先輩は私が一生懸命書いたパイシェン先輩の似顔絵ポスターを覗き込んで、ふふっと笑った。

「な、何かおかしいですか？」

「いや、親しみがもてるしいいと思うよ。うん」

クレノ先輩はちょっと笑いながら言う。

「それじゃあ、お互いに投票日までがんばろう」

「はい！」

パイシェン先輩には負けてほしくないけど、クレノ先輩にもがんばってほしいと思うようになってしまった。うーん、むつかしい。でも、こうして悩むのも悪い気分じゃないよね。

さて、最後は四年生の教室に貼りに行こうと、そちらの掲示板へと向かったとき。

鬼の形相をしたパイシェン先輩が、掲示板の前で仁王立ちしていた。その手には私が貼って回った手書きポスターが――

パイシェン先輩は私を見つけると、地を這うような声で吼える。

「エトワぁああああ！　なにこのみっともないポスターはぁあああああああ！　余計なことするなって言ってたでしょうがぁああああああああ！」

私はくるりとターンする。

逃げよう。

ダッと走り出した私に、パイシェン先輩はズダッとスタートダッシュを切って追いかけてきた。

「親しみがもてるって言ってたから！　親しみがもてるって言ってたから！」

「余計なことせんでぃいいいいい！」

＊　＊　＊

立候補者の公示から一週間が経った。

今日は小等部の生徒全員が、一番大きな広間に集合している。

これから立候補者の演説があるからだ。

貴族の派閥によってほとんど勝負が決まってしまう選挙だけど、民主的な体裁は保たれている。一応、建前は必要だということだろうか。投票も無記名だ。

むしろ驚くべきは、それでも派閥で勝負を決めてしまう、貴族の結束力の強さかもしれない。

壇上では、前の生徒会の人が事前説明をしている。これが終わったら候補者の演説開始だ。

なんか自分のことじゃないのにどきどきしてきた。

パイシェン先輩にがんばってほしいけど、クレノ先輩にも失敗してほしくない。

「それでは、まずクレノ・ルスタのほうから演説をしてもらいます」

前生徒会のメンバーには桜貴会の人が何人かいた。会長だったルイシェン先輩が選んだメンバーらしい。

基本的に生徒会と桜貴会のメンバーは被ることが多い。けど、ルイシェン先輩の場合、子爵家以下の貴族がいたほうが命令しやすいという理由で、桜貴会以外の人を比較的多く選んだそうだ。

クレノ先輩は堂々と壇上にあがっていく。その姿は決して貴族たちに見劣りしない。

生意気にも大貴族の令嬢の対立候補として、生徒会長に立候補した平民。貴族の生徒たちの視線は好意的でないものが多かった。

けど、何人かのお嬢さまはその容姿に見惚（みと）れてしまっている。

やっぱりかっこいいもんね、クレノ先輩。

クレノ先輩は登壇すると、第一声、まずはこう言った。

「ルーヴ・ロゼに通われるご子息さま、ご息女さま、生徒会の仕事ってどんなものがあるかご存知でしょうか？」

いきなり質問を投げられ、生徒たちはざわつく。

クレノ先輩はにっこりと猫を被った笑みを浮かべると、少し冗談めかすように言った。

「僕も最近興味をもって調べさせていただいたのですが、実は召使いがやるような雑務が多いんです。さまざまな行事の下準備、行事の際の司会進行、全校生徒に伝える情報の整理とその公布。普通に学校で過ごしているときには気づかない、学校の運営を裏から支える大切な仕事がたくさんありました」

クレノ先輩は具体例をあげつつ、生徒会が行ってきた、あまり注目されない実務的な側面を生徒たちに伝えていく。それの大切さ、多忙さも含めて。

「このような、本来は下々の者がやるべきと思われる仕事を、高貴なる身分をもつ歴代の生徒会長の方々が、私たちのために務めてくださったことを深謝したいと思います」

クレノ先輩は貴族を立てつつも、生徒会長という役職は学生の代表という印象のわりに、その仕事内容は平民がやるべきものが多いことを含ませていく。

「もし私にこの役職を任せていただけるなら、生徒用の玄関の美化により一層努め、また現在使われていない裏庭の花壇に、ルーヴ・ロゼにふさわしい薔薇の花を植えさせていただこうと思います。この二つの場所はプラチナクラスの方々も使われている場所です。より気分よく学校生活を送っていただけるのではないかと思います」

ルイシェン先輩が生徒会長だったときは、プラチナクラスばかりが優遇され、他のクラスに予算が行き届かないことが多かったらしい。

でも、クレノ先輩は決してそれを前生徒会のミスという形では指摘しない。

この学校に通う生徒の中でも最上位者たちが所属するプラチナクラスに対して敬意を表しつつ、全生徒が共有できる場所に力を入れることで、みんながよりよい学校生活を送れるビジョンを提示している。

うまいと思った。

「正直言いまして、私はパイシェンさまこそが生徒会長にふさわしいと思います」

その言葉に、また生徒たちがざわつく。だってクレノ先輩はわざわざそのパイシェン先輩が当選すべき選挙に、対立候補として乱入してきたからだ……

「家柄はもちろんのこと、能力も、その気高さも、現在のルーヴ・ロゼにおいて生徒会長として、これ以上に適した方はいません。ですが、パイシェンさまは現在、桜貴会の代表を引き継がれたばかりです。大変お忙しく、気苦労を負われている身だと思います。私はその負担を少しばかり肩代わりしたく思ったのです。パイシェンさまには、この一年は桜貴会を磐石（ばんじゃく）にまとめることに専念していただき、来年から万全なる体制で真の生徒の代表として君臨していただけたら、と私は思うのです」

クレノ先輩の主張をまとめると、つまりこういうことだった。

生徒会長の仕事って見た目は立派やけど、平民がやるような雑用ばっかりなんやでー。パイシェン先輩は桜貴会で忙しいから、今年は雑用に向いた平民のジブンに任せて、来年から本物の生徒の代表であるパイシェン先輩がやればええやろ。

貴族の学校で平民が生徒会長に立候補すること自体、言ってしまえば地雷そのものなのだ。

前任者や対立候補の批判をすれば、確実に貴族たちの反感を買う。彼らのリーダーになることを望めば、これも確実に反感を買う。

そんな中でクレノ先輩は、それらの言説（げんせつ）をうまく避け、その上で自ら（みずか）が会長になる正当性らしきものまでこしらえてしまった。

しかもパイシェン先輩はソフィアちゃんとゴタゴタを起こしてしまったばかりだ。桜貴会をまとめるのに専念したほうがいいという言葉は、一定の説得力をもってしまう。

もちろん演説として完璧というわけではないと思う。でもクレノ先輩と同じ立場で、これ以上のスピーチができる人間っていないのではないだろうか。

続いてはパイシェン先輩の番だった。

パイシェン先輩も堂々と壇上にあがっていく。その姿に男女関係なく生徒たちが見惚（みと）

れている。

「まず桜貴会の代表の役目に気を取られて、生徒会長の仕事がうまくできないのではと心配してもらったみたいだけど、そんな心配はいらないと言っておくわ。私は桜貴会の代表としての仕事も、生徒会長としての仕事も立派にこなしてみせる」

パイシェン先輩は真っ先にクレノ先輩の演説に思いっきり反論した。

パイシェン先輩らしい。

それから堂々と、生徒会長を務める準備がある旨（むね）を述べる。

学校のリーダーとして解決すべきと思ってる点、自分が会長に就任することによる生徒たちのメリット、周囲のサポートの厚さ。そういったことを理路整然（りろせいぜん）と主張する。

まさに正攻法というべき、パイシェン先輩の演説だった。演説が終わったとき、生徒たちは改めてパイシェン先輩を、憧れと敬意を抱いた表情で見ていた。

二人の演説が終わって正直な感想を言うと、やっぱりパイシェン先輩のほうが勝ってたかなと思う。

それも仕方ない。もともとの条件が、クレノ先輩にとって圧倒的に不利なのだから。

クレノ先輩のほうだけ、踏んではいけないタブーが多すぎる。二人の差はそれがそのまま出た感じだ。クレノ先輩は厳しい条件の中で精一杯がんばったと思う。

＊＊＊

「パイシェン先輩をおねしゃーす！　パイシェン先輩をおねしゃーす！」

選挙の後半戦、私は校門前でパイシェン先輩の似顔絵ビラを配る。夜なべして作った自信作だ。

戸惑った表情の生徒たちに手渡していくと、背後からものすごい殺気がした。

「エぇぇぇトぉぉぉワぁぁぁぁぁ」

地を這うような声が背中越しに聞こえる。

これはヤバイ。逃げよう。

と思ったら、水のロープのようなもので全身を拘束される。

首だけで振り返ると、鬼の形相のパイシェン先輩がいた。まあ心眼〈マンティア〉で見てるから振り向く必要ないけど。

それにしてもアヮワワワ。

「余計なことするなって言ったでしょうがーーー！」

「わ、私も先輩の選挙に少しでも貢献したくてぇ……」

ソフィアちゃんたち以外の貴族とコネクションがない私は、こういうことしかできないのだッ。

パイシェン先輩が腕を振り上げる。

げんこつがくるかと思って身を硬くしたら、顔に当たったのはやわらかい紙の感触だった。

あれ、これって……

見れば、パイシェン先輩の名前と主張が書かれたビラとポスターが束ねてあった。

活版印刷で作られていて、白黒だけどプロが描いたような上手な似顔絵までついていた。いや、パイシェン先輩のことだから、本当のプロに頼んだに違いない。

「まったく仕方ない。あんたのやり方にも付き合ってあげるわよ。だからそのみっともないのは引っ込めて、これを使いなさい」

「パ、パイシェン先輩……！」

先輩に認めてもらって、目じりに涙が浮かぶ。

感激の糸目で見つめると、パイシェン先輩は頬を掻き、ちょっと赤くなった顔で言った。

「まあ全力でいくって言ったしね。こうなったら浮動票も全部取る勢いでいくわよ」

「はい！」

それにしても照れてるパイシェン先輩かわいー。

かーわーいーいー！

「その表情やめろ」

頬をつねり上げられた。

＊＊＊

選挙の後半戦は、混戦の様相を呈していた。尤も票数ではなく戦い方がだけど。

朝の校門を潜ると、クレノ先輩の声が聞こえてくる。

「えー、ですから、ルーヴ・ロゼの学校食堂においてはテーブルマナーが要求されるメニューが多いですが、貴族の方であっても気楽に食事したいという要望が多く、新メニューとして――」

魔法で拡声してあるのか、その声はよく響いてくる。街頭演説、ならぬ校内演説だ。

「いやですわ、平民の輩は」

「そうね。ここはルーヴ・ロゼよ。あんな戦い方は似つかわしくないわ」

そう嫌味を言いながらクレノ先輩の横を通り過ぎようとした女子生徒たちは、次の瞬間、固まる。

「ふん、考えが甘いわね。貴族として日頃の訓練が、大切な場面で生きてくるの。だから——」

なぜなら、クレノ先輩から十メートルほど離れた場所で、彼女たちの憧れのパイシェン先輩が、腰に手を当てて演説をしていたからだ。

水の魔法で取っ手のついたメガホンのようなものを作り出し、それはパイシェン先輩が何か言うたびに震えて、先輩の声を大きく響かせていた。

「おねしゃーす！　おねしゃーす！」

「パイシェンさまをよろしくお願いします」

「よろしくお願いします」

私たち桜貴会の子はビラ配りで支援だ。

こういうのに慣れてないルーヴ・ロゼの生徒たちは、戸惑った顔でそれを受け取っていく。

パイシェン先輩がクレノ先輩のやり方に全力で受けて立ったことで、貴族の選挙のやり方に平民のやり方がまじった選挙になってしまった。

ビラは協力者のいないクレノ先輩の分も私たちが一緒に配っている。パイシェン先輩は『それぐらい塩を送っても負けないから問題ない』とか言ってた。

「いやいや、休息を挟むことで仕事の効率が上がるように、貴族の方々の食事にも安らぎが――」

「違うわ。普通の人間にはできない困難なことがやれてこそ、貴族としての矜持が――」

そんな二人の校内演説は、またも論戦の様相を呈している。

にぎやかな選挙になった。

＊＊＊

同時進行している護衛役の子たちの説得のほうはというと、あれから大きな進展があった。

「パイシェンを支持する……エトワががんばってるからな……」

そんなパイシェン先輩を支持する理由になってない理由で支持を表明してくれたのはミントくんだった。

理由はともかくオルトール侯爵家傘下の貴族たちは、パイシェン先輩に投票してくれるだろう。

それから三日後。

なんとソフィアちゃんまでパイシェン先輩の支持を表明した。

「クレノ先輩も素晴らしいと思いますが、パイシェンさまのほうがやはり貴族たちをまとめる力は強いと思います。なので今回の選挙では私はパイシェンさまを支持します。ただし、フィン侯爵家傘下の貴族の方は、自由に自分の意思で投票してください」

それがソフィアちゃんの精一杯の妥協点だったのだろう。まあソフィアちゃんがそう表明した時点で、ほぼすべての子がついていくので意味はなかったと思うけど。

理由を聞いてみたら「エトワさまがあんなにがんばってるのを見せられたら、応援せざるをえないじゃないですか……。ずるいです……」とすねた表情で言ってた。

でも、同時にパイシェン先輩のがんばる姿も見てたんだと思う。そうじゃなきゃ、いくら私が応援してるからって、ソフィアちゃんは説得されるような子じゃない。

そうしてクレノ先輩もパイシェン先輩も私たちもがんばりながら、日々はどんどん過ぎていき。

「おねーしゃーす！　おねしゃーす！」

「エトワぁあああ！　あんたが描いたそのビラは配るなって言ったでしょうがぁあああ！」

「だって在庫が！　まだまだ在庫が！」

過ぎていき……

＊　＊　＊

投票日前々日のお茶会で、シャルティ先輩が最終的な分析を述べる。

「もともとパイシェンさまが得ていた１９９票に、シルウェストレの君たちがパイシェンさまの支持を表明したことにより風の派閥すべてとなる１６６票が加わりました。さらに私たち桜貴会のメンバーの傘下の票が被りなどを除いて３６票、火の派閥を細かく説得したことにより７６票が得られる予定です。合計して４７７票。固定票の時点で過半数を上回りました。勝ちは確実でしょう。浮動票は残り６０票ほどです。もう取る意味はないかと思われます。明日の活動はやめておかれますか？」

「いいえ。言ったでしょう？　全力で勝ちにいくと。浮動票も私たちがすべて取るのよ。最終日もあなたたちの力を貸してちょうだい」

「はい！」

パイシェン先輩の方針に、不満そうにしているメンバーは一人もいなかった。

でもそうかぁ……もう勝負は決まってしまったのか……

がんばってるクレノ先輩の姿が浮かんでくる。一週間、生き生きと楽しそうにしてたけど……

少し……胸が苦しい感じがする。

そんなことを思ってたら、急に鼻先を指でぴんっとされた。

顔を上げるとパイシェン先輩が私を見つめている。

「私の勝ちが決まったのよ。あんたもちょっとは嬉しそうにしなさい」

「はい」

ちょっと笑えて、少し気持ちが軽くなった気がした。

投票日の前日も、私たちは全力でがんばって、演説をして、ビラを配って、応援して。

次の日に投票があって、あとは結果を待つばかりとなった。

＊＊＊

投票日の翌日、結果は玄関のところにある壁に貼り出されていた。

パイシェン・ニンフィーユ、８２１票。

クレノ・ルスタ、71票。

私はその結果を見て、呆然と立ちすくんでしまった。

なにこれ……。どういうこと……なんでこんなにも大差に……

だって……クレノ先輩にだって……

パイシェン先輩が登校してきて、その結果を見て吐き捨てた。

「ふんっ、グノーム家は、勝ち目がないとわかって候補者を切り捨てたのね……。シルウェストレの子たちが私たちの支持に回った時点で、勝ち目はゼロだったものね……。だからって平民一人に責任を被せて。だからあの一族は好きになれないのよ」

そう言うとパイシェン先輩は、見るのも嫌だというように、その場を去っていった。

その表情は勝ったというのに、ぜんぜん嬉しそうじゃなかった。

＊＊＊

授業が始まる前の朝の時間、私はクレノ先輩を探していた。

五年生のクラスを訪ねてみたけどいなかった。

ルーヴ・ロゼの廊下を走る。

廊下では貴族の子たちが口々にクレノ先輩のことを噂している。

「あんなに大敗するなんてみじめね。まあ当然の結果ですけども」

「そうよ。平民の分際で、分を弁えないからああなるのよ」

いろんな場所を探して、クレノ先輩を見つけたのは、人気のない裏庭だった。

クレノ先輩は、一人で佇んで空を見上げていた。

「クレノ先輩！」

声をかけると、こちらを振り向き微笑んだ。

「やあ、君か」

そのくしゃっとした笑みは、何か満足を得てしまったような、それなのにどこか寂しそうな……。

最初、廊下で話したときに見た、どこか遠くを見るような表情と似ていた。

クレノ先輩は、本当はこの学校にいたくないのかもしれない。ここではない遠くへ、本来の自分でいられる場所へ、行きたい、戻りたい。そう思ってるのかもしれない。

でも、それはたぶんできないんだと思う。家族が、いろんなしがらみが、彼を縛っていて、周りに迷惑をかけるとわかっているから、その聡さゆえに、自由に身動きすることすらできない。

だから、こんなにいろんな笑い方をもってるのかもしれない。

「はは、情けない結果だろ。後ろ盾にも見捨てられて、あの大惨敗さ。でもさ、満足だよ。精一杯やったからね。うん、満足だ」

きっと愚痴や胸の中の思いすら、私のような外れ者にしか話せない。

私は初めて自分が失格者で良かったと思った。

「クレノ先輩！　平民の人たちがどれくらいクレノ先輩に投票したかわかりますか？」

いきなりの質問にクレノ先輩はきょとんとした。

それでも戸惑いながら答えてくれる。

「支援してもらってる家との関係もあるけど、みんながんばって投票してくれたみたいだよ。だいたい35票ぐらいじゃないかな」

「えっと、結果が821対71でしたよね」

「うん」

「桜貴会の先輩が分析してくれてたんですけど、こちらの最終的な固定票が477票で、それに土の派閥がこっちに投票してきたから316票を足して……固定票だけで793票を得たことになるんです。それをパイシェン先輩の票から引くと28票になって」

私はもう一度間違いないように計算していく。

それを聞いていくうちに、何を言いたいか察したようで、クレノ先輩は目を見開く。

「クレノ先輩のほうの固定票は、平民の人たちの３５票でしたよね。それをクレノ先輩の票から引くと……」

全部で３６票になる。

パイシェン先輩が２８票で、クレノ先輩が３６票。

「先輩が言ってたんですよ。今回の選挙、浮動票は６０票前後になるって。平民の人たちがどう投票したかは詳しくわからないから、実際の数は少し違うかもしれないけど、だいたいどう動いててもパイシェン先輩が有利で、だから――」

「つまり、浮動票では勝ってたのか……」

伝えたいあまり混乱してきた私の言いたいことを、クレノ先輩は察してくれる。

そうなのだ。派閥（はばつ）選挙という形では、クレノ先輩は負けている。

でも、どちらに投票するか決めてなかった人たちの投票先を決めさせたのは、クレノ先輩とパイシェン先輩の真っ向勝負だった。

選挙の結果は変わらない。負けは負け。そう言う人もいるかもしれない。

けれど、でもクレノ先輩は勝ったのだ。本来は不利な貴族たちの票田（ひょうでん）で。浮動票の数でも圧倒的有利と思われていたパイシェン先輩に。

「そうか……。勝ったのか……。俺が……大貴族のお嬢さまに……はは……」

クレノ先輩はその事実を信じられないように少し呆然として呟き、急ににやりと笑う。

「うん、悪くないね。結局負けは負けだけど、でも一矢は報いたわけだ。やるじゃん、俺」

その表情は、ここで見た最初の表情より、ずっと満足そうだった。

この選挙はクレノ先輩にとっていい思い出にできただろうか。

そんなクレノ先輩に、急に声がかかった。

「あの、クレノさま！」

それはこの学校の女子生徒だった。

育ちの良さそうなお嬢さん、きっと貴族の子だと思う。学年はクレノ先輩と一緒ぐらいだろうか。

そのお嬢さんはクレノ先輩のほうを見ると、か細い声で精一杯叫ぶように言った。

「平民でありながらもパイシェンさま相手に堂々と戦われる姿、感動しました。口さがない者の噂など気にしないでください。負けたとしても、戦うあなたの姿はそ、その……素敵でした！」

そう言うと顔を真っ赤にして、返事も聞かずに走り去っていく。

私とクレノ先輩は、その背中を呆然と見送った。

失格

クレノ先輩が呟く。

「さっきの子、告白したら付き合ってくれるかな」

「さあ、知りませんよ、私は」

この人軽いな……

＊　＊　＊

そうしてパイシェン先輩がルーヴ・ロゼの新生徒会長に就任した。

「生徒会役員は生徒会長の権限で選べるの。副会長二人、会計二人、書記三人を選ぶんだけど、基本的に桜貴会から選ぶのが普通よ」

生徒会長が全部決める。貴族らしいといえば貴族らしいかもしれない。

パイシェン先輩が私を指差して言う。

「エトワ、あんたは書記をやりなさい」

「えええ、字汚いですよ私！」

「だからよ。生徒会で鍛え直しなさい。絵の実力は仕方ないにしても、字ぐらいはきれいに書けないと話にならないわ」

パイシェン先輩が厳しい表情で私に言った。そんなに下手でしたかね、絵。しょんぼり……。

「で、でも他の桜貴会の人たちは……」

私が入ると役職の枠が一つ潰れることになる。他の人は嫌に思わないだろうか。

そう思っていたら、三年生のプルーナさんが言う。

「確かに生徒会役員に選ばれるのは名誉なことですけど、私たちはすでに桜貴会に所属しているということで十分な名誉を得ています。気にすることはありません」

シャルティ先輩が付け加えるように言う。

「それにシルウェストレの君たちを説得したあなたは、今回の選挙ではパイシェンさまに次いで貢献しています。役員に選ばれるには十分すぎるほどの活躍ですよ」

うーん、そうなのかな。

いや、でもそれはシルウェストレの子たちの貢献では……。

私はそのとき、はっと思い立つ。

「パイシェン先輩！　でしたら、一つお願いがあるんですけど！」

「お願い？」

私の言葉に、パイシェン先輩がティーカップを手に小首をかしげた。

＊　＊　＊

五年生のゴールドクラス。

そこにパイシェン先輩が訪れた。私や生徒会役員に選ばれたメンバーを伴って。

教室がざわつく。

そんな中、パイシェン先輩はクレノ先輩を見つけると、つかつかと歩み寄っていく。

さすがのクレノ先輩も呆気にとられている。

クレノ先輩の前まで来たパイシェン先輩は、ビシッと指を差して言った。

「クレノ・ルスタ。あなたを私の役員に指名しに来たわ。新しい生徒会の副会長になりなさい！」

有無を言わせぬ口調で、パイシェン先輩は堂々とそう宣言する。

その言葉に、教室中がまた大きくどよめいた。

「僕が副会長ですか……？」

「ええ。選挙で論戦したところ、なかなか考えているようじゃない。そんな人材が生徒会にいたら助かるわ。もちろん私がいれば万全よ。でも、使える人材はどれだけいても不都合じゃないわ」

　私が頼んだのは、クレノ先輩を私の代わりに書記にしてくださいってことだった。

　でも、パイシェン先輩はそれを聞くと「それなら副会長のほうがいいわね」と言ってくれた。

　そうしてここにやってきたわけだ。

　クレノ先輩が私のほうを見て少し苦笑する。「君のせいか」、そんな声が聞こえてきた気がする。

　ごめんなさい。私は心の中で謝った。

　クレノ先輩がこの状況を望んでたのかはわからない。でも、私はどうせなら選挙の続きを過ごしてほしいと思ったのだ。クレノ先輩が望んだ普通の学校生活。その夢のかけらの生徒会という仕事。

　クレノ先輩は私に向けた苦笑いを、そのまま彼をじっと見つめ続けるパイシェン先輩に向けると、きれいな仕草で一礼をして言う。

「パイシェンさま、そのお誘い、謹(つつし)んで受けさせていただきます」

　そうしてルーヴ・ロゼの新生徒会が発足(ほっそく)した。

　会長はパイシェン先輩。副会長にクレノ先輩とシャルティ先輩。会計がプルーナさんとコリットくん。書記はカサツグくん、ユウフィちゃん、それから私。
クレノ先輩の生徒会の日々は、まだまだ続くのだ。

第三章　魔族さんとの交流会

「いやぁ、歌劇って本当にいいものですねぇ」

私はパンフレットを抱きしめ、さっき観た劇の感動に浸る。

異世界に映画はないけど劇ならある。この世界では貴族から庶民まで、ろうにゃくにゃんにゃんにょんにょんの娯楽になっていて、難解な作品ばかりじゃなく子供が楽しめる作品も上演されている。

ルヴェンドにもたくさんの劇場があり、そのうちの一つに遊びに来たわけである。もちろん護衛役の子たちも一緒だ。

「私も感動しました」

ソフィアちゃんも楽しめたらしい。

他の子たちも満足そうな表情だ。連れてきて良かったと思う。

「まあ子供向けですけど、それなりには楽しめましたね」

クリュートくんも子供でしょ、なんてツッコミは置いといて、その意見もまだまだ子供なんですよ。

子供のときは子供向けの作品を素直に楽しみ、少し成長するとそれをバカにするようになる。そして大人になると、不思議とまた子供向けの作品を楽しめるようになるのだ。

人間の成長過程っていうのは、だいたいそんな感じになっている。

私はもうすっかり子供向けを楽しめる淑女（レイディー）である。単にまだ子供なわけじゃないよ！

「楽しんでたくせに文句言うな」

リンクスくんがクリュートくんの頬を引っ張った。

「そうだ。エトワさまが連れてきてくださったのだ。不満など口にするべきではない」

いやスリゼルくん、それはどうかと。

まあとにかく、劇場の人たちよ、感動をありがとう。

さよなら。さよなら。さよなら。

素晴らしい劇場に別れを告げて、大通りに足を踏み出したとき——

今さっきまで私たちがいた劇場が爆発した。

轟音（ごうおん）が響くと共に、建物の二階の窓から真っ赤な炎が溢（あふ）れ出す。

え、ええっ!?

「エトワさま、下がってください！」

護衛役の子たちが私を守るように、炎の前に立って障壁を張る。劇場からは驚いたような悲鳴が聞こえた。上演は終わってる時間だから、中に人は少ないけど、まだ演者などが残ってるはずだ。

「私のことはいいから、火を早く！」

私は炎の届かない場所まで下がり、子供たちに指示を出す。

「はい！」

シルウェストレの子たちなら、こんな炎、魔法ですぐに消してしまえるはず。

そう思っていたけど、なかなか消えない。

風の魔法で空気を遮断し、水の魔法も使えるクリュートくんが水流を火にぶつける。

しかし、火は衰えるどころか、どんどん勢いを増していく。

「まさか魔法の炎⁉」

ソフィアちゃんが言う。

な、なんだとぉ。ソフィアちゃんたちが五人でかかっても消せない炎なんて、かなりやばいぞ。

犯人はどんな使い手だ。

私は護衛役の子たちや野次馬たちの視線が炎に釘付けなのを確認して、一旦その場を離れる。ミントくんは気づいていたようだけど見逃してくれた。

「天輝く金烏の剣！」

離れた場所で天輝さんを呼び出し、力を解放する。

天輝さんは私が転生したときに神さまからもらった力が封じられている剣だ。金色の鳥の形をしていて、男の人の声でしゃべる。いろいろと私のサポートをしてくれるナイスガイ。

その真の名前を唱えることによって私の力は解放される。

「天輝さん、建物や人になるべく被害を出さず、あの炎を斬れる？」

背の高い建物の屋根にのぼり、劇場から溢れ出す炎を観察する。

『難しいがやってみよう。魔刃のスキルの効果だけを抽出して目標へ飛ばす。しばらく待て』

待つこと三十秒ぐらい、天輝さんの声が頭に響いた。

『できた。エトワ、斬れ』

「あいさー！」

私は屋上から、劇場を目標に剣を振る。

透明の衝撃波みたいなものが剣から放たれ、劇場に向かって飛んでいく。

それが燃え盛る炎に到達したとき、炎だけがぱっくり割れる。その炎の中心に、青白く光る魔法陣が見えた。

魔法陣が宙に浮かび、発光しながら発動するそれは、ソフィアちゃんたちの使う魔法とは違って、私は見たことのないものだった。けど、やっぱり魔法だったのだ。

炎は完全に消えたわけではないが、その大半が消失した。

もうソフィアちゃんたちの力だけでも大丈夫だろう。だんだんと炎が消えていく。

ふう、なんとかなったようだ。

私は急いで現場の近くまで戻って、天輝さんに力を封印しなおした。

「だ、大丈夫でしたか!?　シルウェストレのご子息さま、ご息女さまとお見受けいたしますが……」

「はい、大丈夫です」

駆けつけた兵士の人たちが、ソフィアちゃんたちに心配の言葉をかけた。

ソフィアちゃんたちは兵士の人たちの間でも有名人らしい。

私はちょっと安心した。

魔法による炎上となると、ソフィアちゃんたちが変に疑われたりしないか心配だったのだ。特にリンクスくんは炎系の魔法が使えるしね。でも、その心配は杞憂だったようだ。

兵士の人たちからもシルウェストレの一族への信頼は厚い。

「火を消してくださってありがとうございます。あとは我々にお任せください」

そう言って兵士の人たちは、劇場に残された人たちを助けに中に入っていった。

「俺たちの力だけじゃ消しきれなかった……。さっきのはまさか、遺跡で俺たちを助けた……」

リンクスくんが突如、そのことを思い出して呟く。

昔、遺跡で変なロボットみたいなのに襲われたとき、私が天輝さんの力で倒したんだけど、謎の剣士がやったということにしてある。

ぎくっ。ちょっとまずかった……？　でも、あのまま放置したら危険だったしね……

「わからん……。だが、炎の威力は尋常じゃなかった。クロスウェルさまに報告しておこう」

「はあ、いったいなんなんだよ。わけがわからないよ。せっかくの休日だっていうのに、もう」

スリゼルくんとクリュートくんはそれぞれの表情で呟いた。

ソフィアちゃんとミントくんは私のほうをじーっと見ている。まあ、きっとばれてるだろう……。二人はあのロボットを倒したところも見てたしね。

「とりあえず、戻ろっか」

怪我人が気になるけど、兵士の人たちにあとは任せてと言われてしまった。お医者さんも来ている。

私たち子供が出る幕ではなさそうだ。私は護衛役の子たちと屋敷に戻った。

あとで報告がきたけど、どうやら魔法が使われたのは劇場の中でも人がいない場所だったらしい。幸い怪我人も驚いて転んだ人がいたくらいだとか。

そして犯人のことだけど、あの魔法陣は人間が使う魔法とは違うものだったらしい。

魔族——そう呼ばれる種族が使う魔法の痕跡。

＊＊＊

魔法による爆破事件は、一時、町中の噂になった。

でもそれから事件が起きることはなく、やがてその噂も収まっていった。

犯人はまだ捕まっていない。目的も不明。しかし、犯人が魔族であるという噂で、事件直後は騒然となっていた。

魔族とはこの国の北側、国境を越えた極寒の地に住む、人間とは異なる種族のことだ。

異形の姿をしている者から、人間と近い姿の者までいろいろいると聞く。

強力な魔法を操る存在で、冒険物語ではよくラスボスなんかになってたり。冒険者にとっては、モンスターよりも遥かに危険で恐ろしい存在だと認識されている。

この件について十三騎士の誰それがルヴェンドまで調査に来ているとかいう噂もあった。

お父さまも事情を聞くためにルヴェンドを訪れるらしい。

まあ解決するのは大人の仕事なので、子供の出る幕はない。そういうわけで私たちは普通に過ごしている。今日は学校が休みでソフィアちゃんとお買い物だ。

「えへへ、エトワさまとのお出かけ嬉しいです」

「私もだよ～。お洋服屋さんとか見に行こうか～。お昼は最近評判のパフェ屋さんに行こうね～」

「はい！」

ルヴェンドの繁華街を目指して歩く。この町にもずいぶんと住み慣れてきた。

近道として人通りのない道を歩いていると、誰かが私たちの行く手を塞いだ。

懐かしい感覚だ。以前、人さらいに襲われたときのことを思い出す。

あれから三回ぐらい同じことがあったっけ。襲ってくる大人を天輝さんでノックアウトして、適当に人目のある場所に放置した。

あとで聞いたら、厄介でなかなか捕まらなかった前科者たちで、兵士の人が見つけてちゃんと牢屋に送ってくれたらしい。

しかし、今日の相手はちょっと違った。

灰色の古びたローブで頭から足先までを覆っている、見るからに怪しい人物。けれど、その背丈は私たちと同じぐらいしかない。大人ではなく子供だ。

顔の見えないローブの隙間から放たれたのは、かわいい女の子の声だった。

「おい、お前たち金持ちそうだな。ここを通りたければ金を出せ」

うわー、恐喝(きょうかつ)かぁ。

こちら公爵家に寄生してお小遣いもらってごろごろしてる身。別に困っているなら、お金を貸すこともやぶさかではない。けど、このまま従ってしまうと、犯罪行為を助長することになってしまう。

それは教育的にも治安的にもよろしくない。だから応じるわけにはいかない。

「エトワさま、下がってください」

ソフィアちゃんが私を守るように前に出た。

うーん、これはちょっとかわいそうなことになるかも。まさか相手も襲いかかった獲物が、国でも有数の強さをもつ魔法使いとは思うまい。

しかし、次の瞬間、驚くことになったのは私たちのほうだった。

ローブの子が腕を広げると、その手の先に青く輝く魔法陣が展開する。

「魔法⁉　しかもこれは――！」

「抵抗するっていうなら力ずくで奪わせてもらうぜ」

炎の渦がその子の両腕に巻きつく。

「どうだ、痛い目見たくなければおとな――なっ⁉」

今度はローブの子が驚く番だった。

いきなりマジな表情になったソフィアちゃんが、風を纏い一瞬でローブの子に接近する。そして巨大な風の塊をぶつけた。強力な風が炎を消し飛ばす。

「くっ、魔法使いかよ！　ニンゲンの町では少ないって聞いてたのに！」

「エトワさまには指一本触れさせません！」

ローブの子がまた魔法陣を出すと、そこから闇のエネルギーの槍がソフィアちゃんに放たれる。

闇魔法か、珍しい。

でもソフィアちゃんは白い光を纏った風で、それを弾き飛ばす。

力量はほぼ互角だ。いや最初の攻防を見ると、ソフィアちゃんのほうが若干上手かもしれない。

なんだかんだお互いが周囲を破壊しないように気を遣ってるせいか、小規模の魔法の小競り合いになっている。

相手が地面から放った土の槍を、ソフィアちゃんがぴょんと避けて風のカッターで粉みじんにする。相手の攻撃は火土闇と多彩だったけど、ソフィアちゃんは風と光の魔法で十分に対応していた。

この世界の光と闇の魔法って、なんとも不思議な力なんだよね。闇は触れた物のエネルギーを吸収したり朽ち果てさせたりさせる。光は逆にエネルギーを与えて強化したり、闇を打ち払ったりする。

数度の攻防のあと、二人は睨み合いながら、呪文の詠唱を始めた。

詠唱を省略できる魔法は威力が小さい。その程度の魔法では、決着がつかないと見たのだろう。

「このぉ！　ぶったおしてやる！」

「負けません！」

お互いの切り札らしき、ソフィアちゃんの風と光をまぜたような魔法と、ローブの子の火と闇をまぜたような魔法が、まさに完成しようとしたとき。

路地裏に、ぐぅ～～～というお腹の音が大きく鳴り響いた。

私じゃないよ、ローブの子からだよ。

「あう、あれ？　はれれ？」

ローブの子は詠唱の途中で前後不覚に陥り、ふらふらっと頭を揺らすと、自分でも何が起こったかわからない感じで周囲を見回し、でも足元がおぼつかず、ぱたりとその場に倒れた。

どう見ても貧血のときの倒れ方だった。

そのお腹から、ぐぅ～～～とまた大きな音が鳴る。

私とソフィアちゃんはその子に駆け寄り、顔を覆っていたローブを外す。

中から出てきたのは、やっぱり幼い女の子の顔だった。空腹時に大きくエネルギーを消耗する魔法を使ってしまったせいか、目を回している。

髪は人間には珍しい紫色。腰まであるロングでふさふさしている。

そして、よく見ると普通の人間にはない部分が他にもあった。

頭に生えた金色の立派な二つの角。

「やっぱりこの子って魔族……？」

「は、はい、間違いないかと……」

私とソフィアちゃんは、路地裏で恐喝(きょうかつ)を企(くわだ)て、魔法戦をやらかした末に、空腹で貧血を起こし倒れた魔族の子と遭遇してしまった。

＊　＊　＊

気絶してしまった魔族の少女を前に、私とソフィアちゃんは困り顔になる。

コレ、どうすればいいのだろう。

「爆破事件の犯人じゃないよね……」

「違うと思います。そんなに強くなかったです」

バッサリと言う……。

でもそうだろうなぁ。それなりの使い手には見えたけど、あそこまで強いようには見えなかった。あの事件の犯人は、護衛役の子たちが五人がかりでも止められない魔法を使えるのだ。

「うーん、犯人とは違うけど恐喝(きょうかつ)しようとしてたし、兵士に引き渡すしかないのかねぇ」

悪いことをしてたのは確かだ。でも、こんな状況で引き渡して大丈夫だろうか……。

うーん。

悩みながら口にした言葉に、ソフィアちゃんがちょっと焦った顔をした。

「えっ……!?」

ソフィアちゃんの反応は予想通りだった。この魔族の子を心配してしまったのだろう。

確かに今の状況で引き渡すと、処刑なんて物騒な話になりかねない。

この子を処刑する必要があるかというと、そこまで悪い存在には見えなかった。金を奪いたいなら問答無用で襲えば良かったのを、魔法を見せて脅(おど)してくるぐらいの理性はあった。

ソフィアちゃんもそういう部分を感じて、引き渡すことをためらっているのだろう。

その反応で私も決心がつく。

「とりあえず、二人で様子を見てみようか」

レッツ先送り〜。

ソフィアちゃんと私の二人でなら、いざというときの対処を間違えなければ危険はないレベルだ。どんな子か見てから判断しても遅くない。安全だと思ったら森に帰せばいい。さあ、森へお帰り。

その提案にソフィアちゃんもほっとした顔をした。

それから十分ぐらい経って、魔族の子は目を覚ました。

「んんっ……」

ぼんやりと起き上がり、目をぱちぱちと瞬かせる。瞳の色は金色をしていた。

そんな魔族の子に、ソフィアちゃんが露店で買ってきたクレープを渡す。

「はい、これを食べなさい。お腹すいてるんでしょ？」

「そ、それは……！」

魔族の子はクレープを見て驚いた表情をすると、それをぱっと取り、一気に喰らいついた。

そのままガツガツと食べだす。

数秒かからずに食べてしまうと、名残惜しげに指についたクリームまでぺろぺろと舐めている。相当、美味しかったみたいだ。ただの露店のクレープなんだけどね。

魔族の子がクレープを食べ終わり、顔を上げて私たちを見た。

「ふんっ、礼は言うぞ。ニンゲンにも話がわかるやつがいるじゃないか」

それから立ち上がって腕を組んで言う。

「仕方ない、命だけは助けてやる！」

なんという上から目線。君、ソフィアちゃんとほぼ互角だったよね……。むしろちょっと押し負けてたし。そのソフィアちゃんがいる現状、そこまで偉そうにできる立場ではないと思う。

ソフィアちゃんも、しらーっとした表情で魔族の子を睨(にら)んで言う。

「何様ですか？　エトワさまが助けてくださったのに……」

いや、助けたがってたのはソフィアちゃんだけどね。

白(しら)けた反応をする私たちに、魔族の子はきわめて偉そうに言い放った。

「ふっ、聞いて驚け、オレは魔王の娘だ！」

へーほーふーん……。絶対嘘だ。

＊　＊　＊

魔族の女の子は、どや顔で魔王の娘と名乗った。

正直、嘘くささしか感じない。魔王といえばファンタジーの定番だけど、この世界に魔王が現れたのなんて、ずっと前の話なのだ。

少なくともここ千年、凶悪な魔族が出現したりはあったけど、背後に魔王がいたなんて話は出てない。歴史の授業でも、人間同士の争いのほうがよっぽど大きい扱いだ。

そんな私たちの疑いの視線に、魔族の子は焦った表情をする。

「信じてないな！　本当だぞ！　お父さまはめちゃくちゃ強いんだ！　お前らなんて瞬殺だぞ！　瞬殺！」

瞬殺かぁ……。なんか小学生みたいな言い分になってしまったなぁ……

驚きの登場から一瞬で小物化し、ついには小学生レベルの言い分でお父さま自慢を始めた魔族の子に、ちょっと虚しくなる。これがゲームなら相当な重要人物のはずなのに、ここから何か壮大なストーリーが始まる気配がまったくない。

「それで魔族の娘が、この町に何の用ですか？」

あ、ソフィアちゃんは魔王の娘だという主張をさりげなく流すことにしたようだ、ちょっと大人。

それに気づかず自称魔王の娘さんは、またどや顔で告げる。

「観光だ！」

オウ、サイトシーイング、オーケーオーケー。

じゃねーよ。

魔王の娘が、なんで人間の町の観光に来てるんだよ。しかも、恐喝事件を起こすし……

でも、ここまでアホっぽいと、逆に本当っぽい。

詳しく聞いてもいないのに、魔王の娘さんはこの町に来た事情を朗々と語りだす。

「ニンゲンの町に来れば美味しいものや楽しいものがあると聞いて、護衛たちを撒いて潜入したんだ。なのに持ってきたお金は使えないし、角を隠すためにローブ着てたら不審者扱いされるし……。何も食べられないし、遊べないし、どんどん時間が過ぎて空腹に……せめて思い出に何か食べてから帰ろうと思って、お金を調達しようとしたら、金持ちそうな子供が二人歩いてきたから……」

それで恐喝事件を起こしたわけかぁ……

いやぁ、良かったよ。直接お店襲ったり、他の子襲ったりしなくて……

ソフィアちゃんも魔族の子の言い分を聞いて呆れてる。

「えーと……それじゃあ、事情も聞けたことだし、動けなくして兵士に引き渡す？」

「ええっ……!?」

「なっなっなっ、お前ら助けてくれたんじゃねーのかよ！」

私の言葉にソフィアちゃんも、魔族の子も驚く。

「あ、あの、エトワさま……。そこまで悪い魔族じゃないみたいですし、町の外に送り届けてあげればいいのではないでしょうか……」

「そ、そうだぞ！　オレは悪い魔族じゃないぞ！」

さすがにソフィアちゃんの実力はさっきの戦いで把握したのだろう。魔王の娘さんも焦ってる。この反応なら、むやみに暴れたりもしないだろう。

二人の意思が確認できたので、私も提案する。

「うーん、それじゃあこの子には私たちと一緒に町を観光して、満足したら帰ってもらうほうがいいかな？　どっちにする？」

どうせ町で遊ぶつもりだったしね。その提案を聞いて、二人の表情も明るくなる。

「ほ、本当か⁉　観光！　観光したい！」

「はい！　エトワさま！　そうしましょう！　それがいいです！」

そんなわけで今日のお買い物には、自称魔王の娘さんがついてくることになった。

＊　＊　＊

「とりあえず、これをかぶってー、これをつけてーの」

「これを着てください」

魔族の子には路地裏に隠れてもらい、私とソフィアちゃんが近くの店で買い物してきた。

魔族の子は私たちが買ってきた品々をまじまじと見つめる。

大きめの白い帽子とサングラスは、この子の角と金色の瞳を隠すためのものだ。

それに合うように選んだ白いワンピース。ぼろぼろのローブ姿だと目立つしね。

「むぅ……」

魔族の子はそれらを受け取って、ごそごそと着替え始める。

着替え終わると、腕を広げて私たちに見せた。

「どうだ？」

「おお～、似合ってる似合ってる～」

「はい。これなら魔族とはわからないと思います」

白い大きめの帽子はちゃんと角を隠してくれている。サングラスは人間には珍しい金色の瞳を隠してくれて、白いワンピースと合わせると、お忍びで来たお嬢さま風だ。

「それじゃあ行こうか」

「あ、その前に、あなたの名前を教えてください」

おお、そういえば名前を聞き忘れてた。

「ふっふっふ、仕方ない。ごはんをくれた恩もあるし名前ぐらいは教えてやろう」

魔族の子はえっへんと自己紹介する。

「オレは誇り高き魔王の娘、ハナコだ！」

「…………」

「な、なんだよぉ！　その目は！　人の名前聞いただけで、なんでそんな目をするんだよぉ！　やる気か？　瞬殺だぞ！　瞬殺！」

いかんいかん。

あまりにも魔王の娘にふさわしくない名前に、人生初の通常時での開眼を遂げてしまったらしい。

心眼で自分の状態を確認すると、一ミリぐらい薄目を開けてその子を軽く睨む私がいた。そのままの形で硬直してしまった目を、指でぐりぐり解きほぐすと、いつもの糸目に戻ってくれた。

でもね、もっとこう、かっこいい名前はなかったのだろうか……。スレイフィニルとかダクネスとか、私ならもっとかっこいい名前をつけられるのに。ハナコ……ハナコなんて……

これでは物語がどんな展開になろうと、かっこよさが半減だ。

「私はソフィアです。よろしくお願いします」

ソフィアちゃんはハナコの名前については、特に何も感じなかったらしい。魔族の名前がハナコであることに違和感を覚えるのは、元日本人特有の感覚なのかもしれない。

「私はエトワだよ〜。よろしく〜」

もう、私も気にしないようにしよう。

現実の魔王の娘にファンタジー感を求めるのが間違っていたのだ。

＊　＊　＊

「ふ〜ん、ニンゲンどもは大変だなぁ」

目的のパフェ屋さんに着いてパフェを食べながら、ハナコに放火事件のことを話した。

彼女の身の安全のためでもあるので、この町で起きたことは知っておいてもらいたくて。

「他人事みたいに。魔族が起こした事件なんですよ？」

ソフィアちゃんがハナコの反応に眉をひそめる。

「だって他人事だろ？　やったのオレじゃないもん」

そりゃそうだ……。正論だわ……

ソフィアちゃんも間違いを素直に認める。

「確かにそうですね。ごめんなさい……」

「別にいいよー。それにしてもこれ美味しいなぁ、パフェっていうのか。さっきのクレープってのも美味しかったけど、パフェはもっと甘くて美味しいぞ。このプルプルのはなんだ？」

「それはプリンだよ～」

「へぇー」

ハナコは興味深げな表情でプリンを口に運ぶ。そして目をぎゅっと閉じると感激した声で言った。

「プリンうまいなぁ！　プリン、うまい！」

「私のもいるかーい？」

「本当か！　もらうぞー！」

私たちはいつでも来られるし、パフェのプリンをハナコにあげる。

ソフィアちゃんもさりげなくハナコの好きそうな焼き菓子をのせてあげた。

「でも、魔王の力で犯人がわかったり、やめるように説得したりすることってできない？」

まだ大した被害は出てないけど、人間側としては迷惑してるのだ。

犯人の引き渡しとかは無理でも、魔王の力でなんとかできるならしてほしいと思う。

「そんなこと言われてもなぁ～。ここらへんの魔族が何やってるかなんてわかんねぇからなぁ～」

「魔王なのに？」

魔王ってなんだっけ。魔族の頂点に立つ存在じゃなかったの？

「お父さまが管理してるのは北の城に住む魔族だけだ。そこ以外で暮らしてる野良魔族が何かやっても責任もてねぇよ」

また新しいワードが出てきた。野良魔族。もう、犬みたいだな、魔族……

「それは少し無責任すぎませんか？」

ソフィアちゃんがちょっと怒る。

うん、ちゃんと管理してほしい。野良魔族。

すると、ハナコは逆にすごい剣幕でこちらに怒ってきた。

「なんだよ、そもそもこうなったのは、お前らニンゲンのせいだぞ！　昔はちゃんとそういう勝手に暴れ回ってる魔族も管理下に置こうとしてたんだ。オレのひいひいひい爺ちゃんのころの話だけどな」

ひいひいひい爺ちゃん……どれぐらい前の話なんだろう。

「それで懲罰隊みたいなのを送ってたんだけど、そしたら毎回、ニンゲンたちが『魔王が復活した』って大騒ぎするんだよ。懲罰隊から逃げ出した魔族はニンゲンの町で暴れだすし、それを捕まえようとオレたちも向かったらニンゲンたちはこっちを総攻撃してくるし。最後は北の城に変なやつらがやってきて大騒ぎになるんだ。だからもうめんどくさいからやめたんだ。オレたちは北の城さえあればいいからな」

「へ、へぇ……それは本当なら申し訳なかったっす……」

「それは……本当だったらごめんなさい……」

私とソフィアちゃんは図らずも、人間と魔王が争っていた時代の真相を知ってしまった。

「まあ、過ぎたことだし、お前らが悪いわけじゃないから別にいいよ」

構造的にはこんな感じだったのだろうか。

魔王が反抗的な魔族を従わせるために兵士を送る。追い詰められた魔族は人間の国に逃げて暴れだす。それを追いかけてきた魔族が、人間の町に攻めてきたと勘違いされる。最後は勇者一行が魔王討伐に向かう。結果、めんどくさくなった魔王は、ならず者の魔族を放置して城に引きこもるようになったと。

今や神話みたいに語られている二千年以上前の魔王と勇者の戦いの話は、そういうことだった？

それにしてもパフェ屋でこんな世界の秘密に関わる話をしていいのかな。そう思って周囲を見回してみたけど、特に誰も気にしてる気配はない。実際にこんな場所に魔王の娘が座ってるとは誰も思わないのだろう。

私も思いたくない……

ハナコはそれだけじゃ悪いと思ったのか、わざわざ追加の情報を提供してくれた。

「まあ炎の魔法が得意で城で暮らさない無法者といえば、ヴェムフラムとその配下たちだな」

「ヴェムフラム？　どんなやつなんですか？」

ソフィアちゃんに問い返されてハナコは顔をしかめた。自分で名前を出したのに相当不愉快な相手らしい。

「すごく嫌なやつだ。乱暴で凶暴、同族の魔族相手にも平気で攻撃をしかけてくる。そのせいで何人か北の城に逃げてきたんだ。たぶんニンゲン相手ならまったく容赦しないぞ。本人は勝手に『我こそは真の魔王だ』とか名乗ってる。野良魔族の中でも本当に困ったやつだ。お父さまにかかれば、あんなやつ瞬殺だけどな！　でも、お父さまは城を離れるわけにはいかないんだ。だからお前たちも気をつけろよ」

どうやら今回の事件には、ヴェムフラムかその配下が関与してる可能性が高いようだ。

「それから、ちゃんと身内も疑えよ。お前らニンゲンは身内に甘いからな～」

「人間がやった可能性もあると言うんですか？」

ハナコの意見にソフィアちゃんが首をかしげる。

「兵士の人の話では、魔族の魔法だって分析結果が出てたよね」

実際、私が見たのもハナコが使ってる魔法に近いものだった。

ソフィアちゃんたちが使う魔法とハナコが使う魔法は、素人目に見てもかなり違う。

ソフィアちゃんたちの魔法は呪文を唱えると、そのまますぐ魔法が出現するけど、ハナコたちの魔法は魔法陣が空中に浮かんで、そこから魔法が出てくる感じだ。

まず見た目がはっきりと違う。

「う〜ん、確かにお前たちの魔法は独自に進化してるけど、そもそもこの国の王族や貴族はオレたちの遠い親戚だしな。使ってる魔法も元をたどればオレたちと同じだったはずだし。血がある程度、魔族に近づいていれば、こっちの魔法も使えるんじゃないか？」

「は？」

「え？」

ハナコの話した内容を一瞬では理解できず、私とソフィアちゃんはちょっと呆然となる。

するとハナコが呆れた顔で言った。

「なんだぁ、知らないのかぁ？　お前たちのずーーーっと前の先祖がニンゲン同士の戦争でこの土地に追い詰められてだなぁ。生き残りたい、戦争に勝ちたいって言って、オレたち魔族に助けを求めてきたんだ。オレたちも仕方ないから何人かニンゲンと結婚して子供を作って、それが今のお前たちのもとになってるはずだぞ。魔王の親族もその中にたくさんいたんだ。なんだよ～、忘れてたのかよ～、恩知らずだなぁ～。どうりでやたらと攻撃してくるわけだ」

ハナコにはまったく嘘をついてる気配がない。

ソフィアちゃんの額から汗が流れる。珍しくかなり動揺していた。まあ私より貴族として魔力をしっかり受け継いじゃってるソフィアちゃんのほうが、当事者意識が強いだろうしね……

ハナコの言うことが本当なら、ソフィアちゃんたちが貴族として受け継いでる強大な魔力は魔族に由来するもの、ということになる。そして今ではその情報は失われて、力と魔法だけが受け継がれてる……

あくまで本当ならだけど、ハナコはどう見ても嘘をつける性格ではないのだ……

「魔族と人間の混血ってどんな風になるの？」

魔族の子孫でもあるらしい私たちは、今やまったく人間と変わらない姿をしている。

「うーん、基本的に魔力の高い子が生まれるぞ。姿はまちまちだなぁ。オレたちに近い姿のやつもいれば、ニンゲンにしか見えないやつもいるよ。それにニンゲンと魔族のハーフってそんなに珍しいわけじゃないぞ。今も北の城で数年に一度はそういう子が保護されてる。うちに来ないのも合わせれば、もっといるんじゃないか？」

つまり今でも人間と魔族のハーフの子が生まれていて、その子が人間とそっくりなら、違和感なく人間社会に潜入できてしまう。しかも魔力の強さは貴族並みで、魔族の魔法も使えると……。

なんか問題が複雑になってきたぞ……。

＊＊＊

それからハナコと一緒に、ルヴェンドのいろんな場所を回った。

雨よけだけがついた、見通しのいい観光用の馬車で町を巡る。

「おおー、すごいぞー！　きれいな建物がいっぱいだ～！」

流れる町の風景を見てハナコが叫ぶ。

「北の城にこういう建物はないんですか？」

「雪と遺跡ばっかりだからな～、あそこは。嫌いじゃないけど毎日暮らすのは退屈だ」

最初は戦っていた二人だけど、今はどちらも楽しげだった。

パフェ屋を出たときには、クリームをつけっぱなしだったハナコの頬をソフィアちゃんが拭いてあげていた。にわかにお姉さん気分なのだろう。そんなソフィアちゃんもかわいい。

この町に住んで数ヶ月になるけど、観光スポットとなると、実際は知らないところばかりだった。

地元民ほど名所に行ったことがないという、あるある現象だ。いい機会だし、いろんな人に聞いて回りながら、私たちも純粋に観光を楽しむ。

三時になったらおやつとしてホットドッグ屋さんに寄った。お昼が甘いものだったから、全員で協議した結果そうなった。

「むぅ、パンと野菜と腸詰(ちょうづめ)を一緒に食べるのか。このソースはなんだ?」

ハナコはホットドッグを興味津々(きょうみしんしん)で眺める。

「ケチャップですよ」

「けちゃっぷ……」

魔王城にはケチャップはないらしい。

ハナコは私たちが食べるのをまねて、大きく口を開けてホットドッグにかぶりついた。

そしてもぐもぐと食べる。

その顔はすぐに満足げな表情になっていく。

「うん、美味しい！」

クレープ、パフェ、ホットドッグ。人間の食べ物はどれも気に入ってくれたようだ。

コインを投げるとまたこの町に来られるという、ありがちなエピソードのある天使の石像の前で、ハナコは持ってきた使えない通貨を全部投げた。

バシャバシャと大きな音が立ち、他の観光客が目を丸くする。

「また来るぞー！」

はしゃぐハナコを、赤面したソフィアちゃんが引きずって、その場をあとにした。

当初の予定だったショッピングも忘れない。洋服屋さんに寄った。

「どうですか、エトワさま？」

「どうだ？　どうだ？」

ソフィアちゃんもハナコもいろいろ試着しては私に見せてくる。

天使なソフィアちゃんだけでなく、ハナコも外見はかなりかわいい。さっきから他のお客さんがちらちらと見てくるほどだ。

「二人とも似合ってるよ～」

二人のファッションショーに、私はぱちぱちと拍手を送る。

店員さんも興奮した様子で二人に話しかけた。

「お二人とも大変、かわいらしいお方ですね！　名のある貴族のお嬢さまではありませんか？　あっ、でも紫髪のお嬢さまはその帽子では服と合ってませんよ。この帽子に替えてみませんか？」

そう言いながら店員さんがハナコの帽子を取ろうとする。

私とソフィアちゃんは慌てた。だってそこにはハナコの角があるのだから。

「あー、店員さん、その帽子はちょっと取らないであげてください！」

「そうです、その子のお気に入りなんです！」

ハナコも慌てて帽子を押さえて、店員さんを上目遣いで睨む。

「お気に入りなんだぞー。これ以外いらないんだぞー」

「そ、そうでしたか。申し訳ありません」

ほっ、店員さんも引いてくれたようだ。

「お気に入りの服があったら買ったげるよ～？」

「本当か～？」

私の提案にハナコが嬉しそうな顔をする。

「あ、エトワさま。ハナコの服なら私が買ってあげます」

ちょっと今日はお姉ちゃんぶりたいソフィアちゃんだった。

「はいはい〜！　いいよ〜！」

ふっふっふ、お姉ちゃん界の先輩としては、ささっと身を引くばかりだ。

「ありがとな〜」

「別にこれぐらい構いません」

会計を済ませてからのハナコのお礼に、ちょっと照れてるソフィアちゃんもかわいい。

そのあと、お土産屋さんにも寄る。

「なんか悪いな〜」

「いいよいいよ、せっかく観光に来たんだし、楽しんでほしかったし」

「エトワさまはとても優しいお方なので、これぐらい気にしませんよ」

店を出たときには、ハナコは両手一杯のお土産を持っていた。お父さまや護衛の人たち用なのだとか。魔王にルヴェンドのお土産を持ってくとかエキセントリックだな。

「ずっと気になってたけどエトワのほうが偉いんだな。最初はソフィアの召使いか何かだと思ったぞ」

あ、やっぱりそう見える？　百人いたら百人がそういう見方をするだろう。身分的には間違ってもないしね。

ソフィアちゃんがハナコにちょっと怒る。

「エトワさまは私の大切な主です！」

「でも、ソフィアと違ってぜんぜん強い力は感じないしなぁ～」

「エトワさまは……！」

そこまで言ったソフィアちゃんが不満そうな表情で口をつぐむ。私の力のことを言いかけたけど、秘密にしてくれようとしたんだと思う。

代わりに私が適当に説明する。

「ふっふっふ、人間社会にはいろんな複雑な事情があるんだよ」

「ふ～ん、そんなもんか～」

ハナコはそれで納得してくれたようだ。楽だ、アホの子。

そんなやり取りをしながら町を回り、ついにお別れの時間が近づいてきた。

出会ったときは青い空が広がっていた町も、オレンジ色の夕日がその色を変えていく。

「私たちもそろそろ家に帰らなきゃいけないねぇ」

その言葉にソフィアちゃんがちょっと寂しそうな顔をする。

「そうですね……」

だから私は最後の提案をした。

「でも、ちょっと心配だから町の外まで送っていこうか」

「は、はい！」

同じく寂しそうな顔をしていたハナコも頷く。

「そっか〜。じゃあ北の森まで送ってくれるか？　たぶん、そこに護衛が隠れてると思う」

「わかりました。それじゃあ、そこまで私とエトワさまで送りますね」

夕焼けの町を北の森まで歩いていく。

ソフィアちゃんもハナコもお互いに名残惜しいのか、その歩みはゆっくりだった。

町外れをさらに外れて、森に入ると、ハナコは周囲の茂みに声をかけた。

「お前たち、いるか〜？」

「はい、ハナコさま、ここに」

ハナコの呼びかけに、灰色のローブを着た集団がぞろぞろと出てきた。

全部で十一人。この数、やっぱり魔王の娘という話は本当なのかもしれない。

先頭に立つ、鳥を象った仮面をつけた魔族の男が、私たちにちらりと視線を向ける。

「ハナコさま、この者たちは？」

その声は青年のようだったけど、魔族なので実際の年齢はわからない。

「そいつらは、ニンゲンの町でオレに親切にしてくれたんだ。観光にも付き合ってくれたし、ほら、お土産だって買ってくれたんだぞ！」

ハナコに笑顔で紹介され、鳥の仮面の男がこちらに体を向ける。

「なるほど、ハナコさまがお世話になったようだ。礼を言う」

そこまでは穏便だったんだけど。鳥の仮面の男は身を屈めて、いきなり戦闘態勢を取った。

その両手から、私たちの身長ぐらいはある巨大な爪が五本ずつ出てくる。

「だが、悪いな。ハナコさまが人間の町に来たという情報が漏れたら厄介だ。消させてもらう」

両手にお土産を抱えたハナコは慌てて制止する。

「こら！　やめろ、ハチ！」

ハチって……。

鳥の仮面の魔族――ハチはハナコの制止を聞かずに、私たちに飛びかかってきた。ソフィアちゃんが私の前に立ち、すぐさま風の防壁を作り出す。光の魔法で強化した強力なものだ。

しかし――

『略化霊爪（トーラ）』

ハチが短い呪文を唱えると、魔法陣が浮かび上がり、爪にオレンジ色のオーラを付与する。たぶん、土系統の魔法だ。

それはソフィアちゃんの風の魔法をあっさりと切り裂いた。これは強い。

そのままハチはソフィアちゃんへと飛びかかる。

これはさすがにソフィアちゃんの手に余ると私は判断した。

「天輝く金烏（きんか）の剣」

私は天輝さんを解放すると、ソフィアちゃんとの間に割り込み、ハチの爪を受け止める。それから剣を軽く振るい、その体を吹き飛ばした。

「ぐっ！」

ハチは驚いた声をあげて後ろに飛ばされるが、空中でくるりと体勢を整え着地する。

「何者……！」

私の動きを見てハナコの護衛たち全員が警戒態勢になる。

私は彼らに言った。

「お互いに話し合いで納得できる状況じゃないみたいだし、めんどくさいからとりあえず全員かかってきてくれるかな？」

その言葉に、顔の見えない護衛たちの雰囲気が変わる。場の空気もピリピリしたものになった。

「いいだろう……後悔はするな……」

数秒後、ボコボコになって地面に倒れた護衛の人たちがいた。

命は奪ってない。ハナコの仲間だし殺すわけにはいかないだろう。

どこからか戻ってきたハナコが私を見て、驚愕の声で叫ぶ。

「おっ……お前そんなに強かったのか……!?　嘘だろ……！　ハチたちが十一人がかりでも一瞬でやられるなんて……！」

どうやら荷物を置きに行っていたようだ。もしかしたら、危なかったら助けてくれるつもりだったのかもしれない。

ハチがふらふらとしながら立ち上がる。もう戦意はないみたいだ。

「わかった。お前たちの記憶を消すのは諦めよう。というか、現状の戦力では不可能だ……」

って、おいっ、消すって記憶かよ！　紛らわしい言い方するなぁああ！

いきなりソフィアちゃんに切りかかってきたから、思わずこっちも挑発してフルボッコにしたことへの罪悪感が一気に湧き上がってくる。

いや、記憶を消されるのも十分困るけどさ。なんか怖いし。

ハナコがハチに言う。

「もう、帰るぞ。いろいろ世話になったな。ソフィア、エトワ」

それにハチや他の護衛たちも頷いた。

「こちらの事情のために無礼を働いてしまったことを詫びよう。改めてハナコさまを送り届けてくれたこと、感謝する。また機会があったら会おう、光の姫とそれを守る赤眼の守護者よ」

そう言うとハチたちはハナコの荷物を持って、夜の空に浮かび、北へ飛び去ろうとする。

そんな彼らに、ソフィアちゃんが怒った顔で叫んだ。

「私のほうがエトワさまの守護者ですー！」

去っていこうとするハナコに、私は最後の質問をぶつけた。

「ねえ、魔王さまの名前ってなんていうの？」

ハナコが振り返って、どや顔で告げた。

「お父さまの名前はポチだ！　かっこいいだろう！」

「…………」

この世界の魔王に何か壮大なストーリーを期待するのはもうやめよう……

第四章　影呪（えいじゅ）の塔

生徒会に入って一ヶ月。生徒会からの告知のプリントを印刷しようと、私は印刷室に向かっていた。シャルティ先輩も一緒だ。

プリント……

今まで何の違和感も感じてなかったけど、よく考えると授業で使われてるのも、貼り出されてるのも印刷されたものだ。

日本では当たり前だった印刷技術。異世界でもそこまで普及してるのだろうか。パイシェン先輩の選挙ポスターは印刷されたものだったけど、お金持ちなのであまり参考にならない。もしかしたら、そういう魔法が存在する？

そんな疑問を話したら、シャルティ先輩が教えてくれた。

「ルーヴ・ロゼには専属の印刷室があるのよ。今日もそこで印刷してもらうの。一緒に来る？」

そしてたどり着いた印刷室。

そこは印刷室というか、ちょっとした印刷工場だった。

校内の一角に鎮座した専用の建物に入ると、古い映画で見たような印刷設備が並んでいる。

異世界の文字が一つ一つ刻まれた活字、活字を並べて固定し板状にする組版用の道具、作った組版を印刷機に固定するための金属板、それから実際に印刷をするための機械。

働いてる人も三十人は軽くいる。

印刷のためだけにこれほどの設備と人員を用意しているのだ。たぶんこんな学校、ルーヴ・ロゼ以外にはないんじゃないかと思う。改めて思うけどすごい。

私はシャルティ先輩が書いた原稿を、受付の人に渡す。できるのは明日以降になると言われた。

やっぱり元いた世界のように手軽にはできないみたいだ。印刷能力にも限りがあるから、先生と生徒会、あとは特別に許可を得た者しか利用できないんだとか。

シャルティ先輩が印刷所の人と打ち合わせをして、それから先輩と二人で印刷室をあとにした。

生徒会が発足してから一ヶ月。ポムチョム小学校との兼ね合いもあって忙しいけど、なかなか充実した日々を送れてる。生徒会メンバーになった人とも仲良くなれた。

カサツグくんとはもともと気軽に話す間柄だったたし、シャルティ先輩、プルーナさん、コリットくんとも、そこそこ話せるようになってきた。ただ……

「あのぉ……」

「どうしたの？」

私は言いにくいと思いながらも、聞いておかなきゃと思って、シャルティ先輩にたずねる。

「私ってユウフィさんに嫌われてるんでしょうか」

そう。いろんな人と親交が深まったこの期間に、まだ一度も話してない人がいた。

エントランス・パーティーのとき話せなかったユウフィちゃんだ。

どうにも避けられてるようで、会議のときは私のほうを見ようとしないし、生徒会として一緒に活動する機会があっても、それとなく回避されてる感じがする。今日もいなかったし。

私の疑問に、シャルティ先輩はちょっと困った顔で答えてくれた。

「そんなことはないと思うわ。でも、あの子の場合、ちょっと気持ちが複雑で……」

そして少し迷うような仕草をしたあと、仕方ないといった感じで小声で教えてくれる。

「あの子はルイシェンさまに思いを寄せていたのよ……」

な、なんですとー!?

私は驚くと共に、今までのことに納得してしまう。

ルイシェン先輩が転校してしまったのは、いろいろあったからだけど、そもそも私との諍い(いさか)が原因になってる。それなら、ユウフィちゃんに嫌われるのも避けられるのも仕方ない。

シャルティ先輩はため息をつきながら言う。

「別にあの子もあなたを恨んだりはしてないの。転校になった原因はルイシェンさまにあるとわかっているわ。告発したのも妹のパイシェンさまだし。でも、まだ気持ちの整理がうまくつかないのよ。もうちょっと時間をあげてちょうだい」

時間があれば気持ちの整理をつけることができるんだろうか……。理由はどうあれ、好きな人が急に転校するなんて辛いことだ。その原因である私に好感をもつことなんてできないと思う。

最悪、私が生徒会や桜貴会をやめたほうがいいのかもしれない。

でも、彼女と親しいシャルティ先輩がそう言うのなら、私も待ってみるべきなんだろうか。

「……わかりました」

「ふふ、よろしくね」

今はまだデリケートな時期なので周りも見守っているのだろう。私も刺激しないようにしようと思った。

相談してみて良かった。

いろんな疑問が解けた私は、先ほどのプリントの試し刷りを読んでみる。

誤字脱字のチェックなんかはシャルティ先輩が職員の人と済ませてくれたので、ほぼ正式版だ。

そこには『影呪（えいじゅ）の塔の参加者の受付を十五日より開始』と書かれていた。

影呪の塔、なんだろうこれ。

＊　＊　＊

また爆破事件があったらしい。

今回は噂を聞いただけだけど、最初の事件とは別の劇場で起こったそうだ。犠牲者は出なかったものの、町は騒然となっている。

それでもルーヴ・ロゼは通常通り授業を行（おこな）っていた。

桜貴会の館に行く途中、パイシェン先輩と会った。

「影呪の塔ってなんですか？」

私はこの前から疑問に思っていたことを、パイシェン先輩に聞いてみる。

「あれよ」

パイシェン先輩は、学校の一角を指差した。

そこには見覚えのない十階建てぐらいの塔がそびえ立っていた。

えええええ、いつの間に!?　工事とかまったくしてなかったよね、なんでいきなりあんなものが。

「古代の遺跡の一つなのよ」

「遺跡……。安全なんですか……それ？」

遺跡にはいい思い出がない。

「当たり前でしょ。何言ってるのよ」

詳しく聞くと、この学校は王家が所有していた遺跡の上に建てられたそうだ。もう何百年も前の話になるらしいけど。

その遺跡の一つが影呪の塔。一年に一度、いきなりあの塔があの場所に出現するらしい。

「あれ、でも参加者募(つの)ってましたよね。あの塔に入るんですか？」

「そうよ」

パイシェン先輩の説明によると、こうだった。

あの塔の中には、古代の不思議な魔法がかかってる。

それによって、中に入った者は互いの顔を認識できなくなり、会話もできなくなる。

そして何より驚くことが、塔に入った状態では致死量のダメージを受けても死なないと。

「死なないんですか!?」

「ええ。でも、代わりにその場で拘束されて半日ぐらいは動けなくなるわ」

そういうことらしい。摩訶不思議（まかふしぎ）古代文明。

「昔はあの塔が貴族たちの修練の場として使われていたの。全力で戦っても、死なずに済むしね」

「なるほどぉ。あれ、でも、昔はって？」

「それに替わるものがもうとっくにできているわ。だから、あの塔は趣味の場になってるの。腕試しよ。希望者が集まって、全員で戦って最上階を目指すの。そこで一人残った者が勝ちよ」

「勝ったら賞品とかもらえるんですか？」

「ないわよ。そもそも勝者がわかったら影呪の意味がないじゃないの」

ふへー、ほうほう。

これはもう完全にバトルマニア用ですね。物好きな塔もあったもんだぁ。

「パイシェン先輩は参加するんですか？」

そうたずねたら、パイシェン先輩はしかめっ面をして言った。

「参加するわけないでしょ、あんな野蛮なもの。生徒会として受付と案内をやるだけよ。そもそも私は荒事が嫌いなの」

「ですよねー」

やっぱり高位貴族の人たちは、そんなの参加しませんよね。

なんだか私もほっと息をつく。

そんな私は忘れていた。私の身近に、戦闘大好きなとある一族がいることを。

＊＊＊

ルヴェンドにあるシルフィール家の別邸に帰ると、目をきらきらさせた子供たちが、私の前にずらっと列を作った。その手には、今日、生徒会から配られた影呪の塔の申し込み用紙が握られている。

えー、別に受付時間外とかないけど、ここで受け付けなければだめですかね、君たち。

「えっと……みんな参加するの……？」

「はい！　修業になりますし！」

「上級生とも戦えて、いい経験になりそうだからな」

「やる……」

「まあ腕試しってところですよ」

「私もみんなに遅れを取るわけにはいきませんから」

一応聞いたらソフィアちゃん、リンクスくん、ミントくん、クリュートくん、スリゼルくんの順で答えてくれた。

そういえば入学前によくやってたペルシェール。異世界版の鬼ごっこ。あれ、あそこまでばりばり魔法使うのは風の一族だけだったらしい。

子供のころの思い出をパイシェン先輩や桜貴会の人に話したら、同じ風の一族のシャルティ先輩以外は、すごく嫌そうな顔をしていた。

遊びにも魔力を全力で投入するのは、風の一族の子供だけだと、私はようやく知ったのだった。

＊＊＊

爆破事件のあと、ポムチョム小学校は一週間ほど休校になってたけど、今日再開された。

「エトワちゃん、おはよう！」

一週間ぶりに会った友達のリリーシィちゃんが、嬉しそうに挨拶（あいさつ）してくれる。

「おはよう～」

ルーヴ・ロゼも最近は楽しいけど、ポムチョム小学校での日々もいいものだ。

みんなで冒険の勉強をしたり、料理の練習をしたり、一人前の冒険者になるために一緒にがんばっている。私もガイダーになるための勉強中だ。

「えへへぇ、久しぶりのエトワちゃんだ～。嬉しい！」

リリーシィちゃんは抱きついて、すりすりしてくる。

「一週間でしょ～、リリーシィちゃんはおおげさだなぁ～」

なんて言いながら私もその頭を撫（な）でてたり。

小動物感のあるリリーシィちゃんは、ソフィアちゃんとはまた違ったかわいさだ。

「ぶぅ。最近、エトワちゃん忙しくて、遊んでくれないんだもん」

「ごめんね、生徒会とか桜貴会とか立て込んじゃって〜」

私もルーヴ・ロゼのほうがこんなに忙しくなるとは思ってなかった。

パイシェン先輩のおかげかなぁって思う。でも影呪の塔の運営が終われば、しばらく大きな仕事はないそうだ。そうしたらリリーシィちゃんとも、もっと遊んであげられるかもしれない。

「ところでリリーシィちゃんは爆破事件怖くない？」

犠牲者がまだ出ていないとはいえ、住んでる町でいきなり爆発が起きるのだ。怖くないか、ちょっと心配になる。

「ん〜、この町には新しい英雄さまがいるし、悪い魔族が暴れてもきっと倒してくれると思うの」

「新しい英雄さま？」

何それ、初耳。三英雄とは何か違うのだろうか。

「あのね、Sランク冒険者でも敵わない怖いモンスターを一瞬で倒しちゃったり、厄介な人さらいを倒してくれたりした人だよ。特に人さらいは、なかなか捕まえられなくて兵士の人たちが困っていたらしいの。それが急に何人も捕まったんだよ。全部、英雄さまのおかげだと言われてるの」

へー、そんな正義の味方みたいなことをやってる人がいるのか。

どうせなら私の前にも現れてくれたらいいのに。この町に来てから何回も人さらいに襲われたんだよね。天輝さんがいるから平気だけど、その人が助けに来てくれたら変な苦労しなくて済んだのに。

「だからだいじょーぶ！」

「そっか～、でもリリーシィちゃんも十分に気をつけてね～」

「は～い！」

途切れ途切れながら続く爆破事件。犯人はいったいどんな存在なのだろう。

私はハナコからもらった情報を思い出す。これほど犠牲者を出さないように立ち回るなら、その時間にどこに人がいるか、どんな場所を爆破すれば被害が出ないか、把握しておく必要があると思う。

もしかしたら、犯人はこの町の住人なのかもしれない。

＊　＊　＊

ポムチョム小学校での授業が終わったあとは、馬車で学校に戻り、生徒会室に向かう。

今日は申込用紙をまとめて、参加者の名簿を作らなきゃいけないのだ。

「ふんふんふ～ん♪」

上機嫌に生徒会室の扉を開けると、早く来すぎたせいか、中には一人しかいなかった。

げげっ……

その人物が誰かを確認して、私は心の中で声をあげてしまう。

よく考えるとそんな声をあげるのは失礼なことだったけど、私とはちょっと気まずい事情がある相手。さすがに動揺してしまったのだ。

部屋にいたのはユウフィちゃんだった。

ユウフィちゃんはさらさらの黒髪をもつ、ちょっと大人しめな感じの女の子だ。

私が入り口で固まってると、ユウフィちゃんはちらっとこちらを見て、慌てて視線をそらした。そのまま俯(うつむ)いて、固まってしまう。

やっぱりお互い気まずいよね、この状況……。どうしよう……

でもこちらからは無理に話しかけないと決めていたし、それがいいと思う。

私はなるべく離れた椅子に座り、とりあえず名簿作りに手をつけた。

部屋には私のペンの音と、時計の音だけが響き、時間だけが流れていく。

（うわぁあああん、やっぱり気まずい！　誰か来てくれー！）

心の中で悲鳴をあげながら作業していたら、扉がガラッと開き、犬歯を光らせてカサツグくんが入ってきた。

「よっす、エトワー！　早いなー！」

ああ、今日はそのアホ面がとてつもなく愛しい。

「あ、ユウフィもよっす！」

「こんにちは」

ユウフィちゃんはカサツグくんにも、ちょっとそっけなく返事をする。私がいるせいだろう。

でも、三人になったことで、だいぶ部屋の空気も和らいだ。

いい意味で空気を読まないカサツグくんは、明るく私たちに話しかけてくれる。ユウフィちゃんが話すときは私が黙り、私が話すときはユウフィちゃんが沈黙するはめになったけど……

それから他の生徒会メンバーもやってきて、本格的な作業が始まった。

みんなで手分けして、申し込み用紙をもとに、参加者の名簿を作っていく。

「やっぱり今年も風の派閥が多いですね」

プルーナさんが名簿を作成しながらそんなことを言う。プルーナさんは家名を見れば、だいたいどこの派閥かわかるらしい。私はその域には達していない。

「あの一族は暇さえあれば戦いの訓練をしているわ。こういうイベントは大好物なのよ」

パイシェン先輩の言葉で、私は申し込み用紙を持ってきたときのソフィアちゃんたちのきらきらした目を思い出す。

うちの一族は戦闘民族か何かなのだろうか……。

そんなことを考えながら私も名簿を作っていると、見知った名前を見つけた――クレノ・ルスタ。

おおうっ……。

「ク、クレノ先輩も参加するんですか!?」

「うん、生徒会メンバーも参加は禁止されてないしね。だから当日の受付は手伝えないんだけど、その分、荷物運びとかはやらせてもらうから許してね」

「いや、そうじゃなくて、なんで賞品も出ないイベントにわざわざ参加するのかなぁって……」

正直、参加して得する要素が見当たらないイベントだ。

クレノ先輩のような平民出身の人間はそれこそ、自主的に参加する理由はないのではないだろうか。

私の質問に、クレノ先輩は邪悪さのまじった笑みを浮かべ、指をぽきぽき鳴らしながらこう述べた。

「だって、一年に一度、貴族さまに全力で殴りかかれる貴重なイベントだよ？　参加しなきゃ損じゃないか。毎年参加してるし、こう見えて皆勤賞だよ」

最近思う。この人、意外とずっと前から学園生活楽しんでたんじゃね、と……

「私も参加します」

シャルティ先輩も参加するらしい。まあ風の派閥だし、きっと家の人から参加を勧められているのだろう。

「他にはいるんですか？」

そうたずねたら、みんな嫌そうな顔をしてシーンとなった。

やっぱり特殊な人用のイベントらしい。うちの子たち喜んで全員参加なんですけど。

＊　＊　＊

十三騎士のディナはルヴェンドの町で一人愚痴っていた。

「あーあ、私一人で爆破事件の犯人を見つけろって、こんな広い町でどう見つけろっていうんですかね。うちの組織、人員不足にもほどがあるでしょうが」

まあ、自分が派遣された理由はわかる。国境周辺の魔族の活動が活発になっていて、そちらも警戒しなければならないとか、犯人の魔力がシルウェストレ五侯の子息子女たちの力を上回っており、一般的な魔法使いで対処できるレベルを遥かに超えているとか、そういう事情があるからだ。

でも、この広い町を一人で捜せというのはない。マジでない。

大方、ルヴェンドを守る衛兵隊の大隊長が、コネを使ってうちに圧力をかけたのだろう。もともと彼はあまり評判がよろしくない。貴族の生活圏以外に人員を割きたがらず、平民たちの暮らす場所に犯罪者が居座る隙を作り、結果的に貴族も平民も危険に晒している無能。そんな評価を、貴族の人間からも真顔で下されるぐらいだ。

今回の爆破事件も未だ犯人の尻尾すら掴めていない。

なんとしてでも自分たちで犯人を捕まえて、評価を挽回したいのだろう。

おまけに巷では森で大発生したウォーターエレメントを一瞬で殲滅してしまった存在が噂になっている。自分たち以外が力をもつことを警戒している貴族たちはピリピリとしていた。

そのしわ寄せが、平民と貴族の混成部隊、十三騎士にくるのである。要は八つ当たりだ。

衛兵隊からの人員提供も断られたディナは、一人で地道に町を歩いて調査するしかない。これで現場に居合わせられたら奇跡である。

しかし、奇跡はあっさりと起きた。

ディナが屋台の爺さんからかぼちゃのチップスを買っているとき、近くの劇場が爆発した。

爆破事件のほとんどはなぜか劇場で起きている。

劇場の経営者にとっては不幸な話だが、観劇は貴族たちに人気のある趣味だからか、すぐに寄付がたくさん集まり、建て直したとか、以前より豪華になったという話まである。彼らの懐事情をいちいち心配してやる必要はないのかもしれない。

派手な割に犠牲者が出ていないせいか、野次馬がのんきに立ち止まって見物を始める。兵士たちが慣れた様子で走ってきて、野次馬が立ち入らないように封鎖しながら、消火は二の次とばかりに周辺での犯人捜しを始めた。

ディナは近づいて、燃え上がる炎の魔法を確認し、心の中で呟いた。

（あぁ、こりゃだめだ……。時限式だわ、この魔法……）

魔族の魔法は人間とは少し違うが、ディナには読もうと思えば読める。特定の時刻になったら発動するタイプの炎の魔法である。犯人はこの近くにはいないだろう……。いても判別は不可能だ。

（しかし、時限式なら、よくここまで被害が出ないものだねぇ……）

被害が出ていないことが偶然か意図的か、議論になっていた。そしてここまで続くと意図的だろうというのが大方の者の結論だった。

そうであるのなら、規模やタイミングの調整をするため、犯人は近くにいるというのが一般的な見解だ。しかし、この目で確認してみると魔法は時限式だった。これでは細かい調整は利かない。

（もしかして、犯人はかなり劇場に詳しい……？　いや、むしろ関係者か？）

ディナの頭にふとそんな考えが浮かんだ。劇場のスケジュールや人の動きを完璧に把握し、こんな離れ業をやってのけているとしたら――

その予感に従うように、ディナは野次馬をかき分け、炎が燃え盛る劇場を目指す。

「おい、キサマ！　中には入るな！」

ディナの進路を塞ぐ兵士たちに、黒いローブの裏地をちょいっと見せた。

「お、王家の紋章……じゅ、十三騎士……」

十三騎士がこの町に来ていることは知らされていたのだろう。兵士たちは道をあける。

劇場の中に入ると、しんとしていた。もう観客も演者も全員避難したのだろう。

炎は三階から出ている。

まだ炎の回っていない一階は静かなものだ。

その中を歩き回っていたディナは、劇場の一室からひそひそ話が聞こえてくるのに気づいた。

(ビンゴ……)

にやりと笑って、足音を消しながら、扉に近づいていく。

「なぜ……犠牲者……ない……」

「できるわけ……でしょ……。この町は私たちの……でもある……ら……」

「そ……は戦力が……測れ……い」

声の数は二つ。

すぐに突撃して犯人の顔を拝んでやろうと思っていたが、何やら会話をしている。

相手は恐らく魔族だ。戦闘になれば、殺し合いになる。そこに情報を聞き出せる余地はない。

先に情報を得ようと思い、一旦会話に耳をすませる。

「わかった。ではこちらでやる。影呪の塔を狙う。被害は貴族だけだ。お前も文句はあるまい」

「ああ、勝手にやってくれ」

聞こえてくるのは男の声と女の声。仲はあんまりよくなさそうだった。

「その言い草、……の支援でここまで……」

「人殺しに育て……くれって頼んだ覚えは……」

炎の勢いが急に増し、会話が聞き取れなくなった。この劇場も長くはもたないだろう。

ディナは心の中で舌打ちをする。

そろそろ突入するか。そう思っていたら入り口の扉が大きく開く音がして、辺りに大声が響いた。

「十三騎士が劇場の中に入った！　恐らく犯人がいたのだ！　捜せ！　我々の手で捕まえろ！」

こちらの協力要請を全部断ってくれた衛兵隊の大隊長の声だった。

（あのバカヤロウ！）

扉越しに、犯人たちがさっと逃げ出す音がする。

遅れを取った。

ディナはすぐに扉を蹴破り、中に突入するも、すでに誰もいなかった。

窓が開いている。そこから逃げたのだろう。

窓の外は裏通りに通じていて、すぐそばに大通りがあった。通行人はそこそこいて、燃える劇場を気にせず歩いている。

犠牲者の出ない爆破事件に、多くの者が警戒心を失ってしまっていた。

魔族が逃げていったのに、騒ぎが起きた様子もない。

（すぐに人ごみに溶け込んだ……かなり人間に近い容姿をしていたってことか……）

さすがに異形の者が姿を現したら、何らかの騒ぎになるはずだ。

「大隊長！　もうここは危険です！」

「ええい！　うるさい！　早くついてこい！」

兵士たちの騒々しい足音が近づいてくる。

見覚えのある小太りの男が、部屋に佇むディナを見つけると、愛想笑いを浮かべこちらに向かってきた。

「おお、十三騎士どの！　犯人はいましたかな？　できたら私どもと情報の共有を――」

「お断りだ！　死んどけ！」

次の瞬間、ディナの上段蹴りが、男の顔にめり込んだ。

「だ、大隊長!?」

泡を吹きながら撥ね飛ばされた大隊長に、兵士たちが慌てて駆け寄る。

そんな彼らを無視してディナは劇場を出る。掴んだのはわずかばかりの情報だけだった。

（影呪の塔ね。行ってみるか……）

＊　＊　＊

影呪の塔の準備は着々と進んでいた。

生徒会のみんなで協力して、参加者の名簿も完成。

参加人数は総勢２４８名だ。参加できるのはルーヴ・ロゼの生徒だけなんだけど、小等部から高等部まであるので、最終的には結構な人数になった。

受付用のテーブルと椅子の準備も完了。クレノ先輩が一人で運んでくれた。ペンのインクもちゃんと補充しておく。

当日の進行を全員で、もう一度確認する。パイシェン先輩がビシバシ指示を飛ばす。

何せ２４８人を誘導するのだ。練習はできる限りしておいたほうがいい。

練習も終わり、あとは本番を迎えるだけ。

周りも休憩の雰囲気になっていたので、私は気になってたことをたずねてみた。

「そういえば、名簿って必要なんですか？　塔に入ったら結果は誰もわからないのに」

参加者はわかっても、塔の中で何が起きてるのかなんて私たちにはわからない。

勝者だって自己申告だし、嘘をつかれたら誰が本物かも不明だ。それなのに名簿を作る必要はあるのだろうか。

「危険がないわけじゃないからね。事故や事件が起きたとき、誰が参加していたか調べるためにあるの。一応の抑止力よ。効果は薄いでしょうけど」

「え？　あ、あれ？　安全じゃなかったんですか？」

まるで安全ではないかのような口ぶりに私が少し動揺すると、パイシェン先輩は答えてくれた。

「一度目は致死量のダメージを受けても平気だけど、拘束されたあと本気の攻撃を受ければ、さすがに無事ではいられないわね。最悪、死ぬわ」

パイシェン先輩はあっさり言った。

「えええええぇ！　めちゃくちゃ危険じゃないですか！」

「一応、拘束されたあとは巻き添え程度のダメージなら防ぐ障壁（しょうへき）が張られてますよ。それ以上は無理ですけど」

コリットくんが補足してくれたけど、やっぱり危ない……

一気に不安になってきた。

「言ったでしょ、旧式だって。全力勝負を成立させてくれるだけで、安全を保証してくれるわけじゃないの。でも暗殺とかそういう血なまぐさい事件なんて数百年は起きてないわよ。標的も仲間も区別できない。言葉で意思疎通もできない。そんな状況で暗殺するのは効率が悪すぎるわ。寝首でもかいたほうがマシよ」

「影呪の塔で殺せる実力があるなら、外でだって殺せるしね」

クレノ先輩もパイシェン先輩に同意する。

物騒な話になって顔を青くした私に、シャルティ先輩が苦笑しながらフォローしてくれる。

「勝者はすぐに上の階に転送されるので、敗者が追い討ちを受ける心配はほとんどないですよ。拘束されたくないなら、降参もできます。その場合、塔の外に出されることになりますけど」

みんなの言うことはわかったけど、完全に安全というわけではない。

ソフィアちゃんたちのことが心配になってきた……

怪我しちゃったりしないだろうか。ああ、不安だ……

そんな私の心配をよそに、ソフィアちゃんたちは影呪の塔に入る日を心待ちにしてるようだった。

＊＊＊

今日も屋敷の庭では、子供たちが魔法を交えた組み手をやっていた。

みんな前よりさらに強くなった気がする。

もともと護衛役の子たちは強かったけど、魔力は年齢と共に成長していく。生まれもった魔力が大きい者ほど成長の度合いも大きい。なので私みたいなのは大人になってもほぼ魔力ゼロのままだけど。

シルウェストレと呼ばれる五つの家は、侯爵家の中でも特に大きな魔力をもつ家系として有名だ。その家に生まれたソフィアちゃんたちは、今回のイベントでも小等部生ながら注目を浴びている。

ただ現状の魔力では高等部生のほうが強いから、厳しい戦いになるだろうと言われていた。

そんな不利な状況でも、ソフィアちゃんたちは楽しそうだ。生き生きと訓練を積んでいる。

彼らの訓練が一段落したところで、私は自作のレモネードを持っていく。

昨日までは純粋にこうやって応援できてたんだけどなぁ……。今はちょっと不安……。

最近、毎日出してるレモネードを、子供たちは喜んで飲んでくれる。

いい汗かいたラフな格好で、美味しそうにレモネードを飲む姿。はあ、どうして美形の子たちって、汗まできらきらしているんだろう。

ボーッとその姿を見てると、リンクスくんに鼻をつつかれた。

「どうしたんだよ。浮かない顔して」

「い、いやぁ、なんでもないよ！」

正直、参加を止めたいって気持ちはある。

でも、本当に止めていいものかわからなくて、私はそう誤魔化した。

「もしかして今さら心配になって、参加しないでほしいって思ってるのか」

しかし、リンクスくんにはあっさりと思考を見抜かれてしまった。

「うん、正直……」

私は本音を吐露する。

「心配する必要はねーよ。どんなことにもリスクはあるんだ。この練習だって怪我することはあるし、油断すれば命の危険もあるだろ。影呪の塔でだって変わらない。危険なことに挑んでいかなきゃ強くなれないし、そんなの怖がってたら、お前の護衛役だって務まらない」

そうだよね。よく考えると護衛役そのものが危険な役目だったのだ。

いざというときは天輝さんの力で子供たちを守ればいいやと思っていた私は、そんなことも忘れてしまっていた。

リンクスくんの顔が、前よりちょっと大人びて見えた。

「俺も強くなるから。お前のこと心配させないように、ちゃんと守れるぐらいに。だから、こんなことぐらいで心配すんな」

ちょっと大人な顔をしたリンクスくんだったけど、誰かを励ますのは恥ずかしいのか、そこからは赤面しながら言った。

「それでも心配なら言ってやるよ。俺たちは絶対無事に戻ってくる。お前は安心して待ってろ！」

リンクスくんの言葉で、気持ちが少し軽くなった。

具体的に何かが解決したわけでもない。それでも安心しろって言葉だけで不思議と心は軽くなるものだった。私はちょっと自分のエゴに囚われてしまっていたのかもしれない。

リンクスくんたちの人生にとって、危険は避けて通れないものなのだ。強くなり、いずれは風の家系を継いでいく。私はそんな彼らを応援しなければいけない立場だ。心配だからといって、その足を引っ張ることはしてはならない。

「うん、待ってるねぇ……」

「うわぁ!?　なっ、なんで泣くんだよ！」

いや、こうね、リンクスくんの成長に感激の涙が止まりましぇん。

でも、本当に無事で帰ってきておくれよ〜。

＊　＊　＊

影呪の塔、イベント当日。

私は受付を担当していた。

簡易テントと、テーブルと椅子がワンセット。貴族学校でも屋外になると設備はとても普通だ。

やることは生徒手帳の名前と名簿とを突き合わせるだけの簡単な作業だけど、人数が多いから大変だ。朝からずらっと並んだ参加者の列をコリットくん、ユウフィちゃん、私で手分けしてひたすら捌く。

「エトワさま、お願いします！」

「ソフィアちゃんか～、はいはい～」

私の列にソフィアちゃんが来た。

一応、ソフィア・フィンと名前の書かれた生徒手帳を確認してから名簿にチェックを入れる。

「がんばってね～。でも、無理はしないようにね」

「はい！　最上階を目指します！」

私のアドバイスを聞いているのかいないのか、ソフィアちゃんはきらきら輝く笑顔で、かわいらしいファイティングポーズを作って去っていく。

他の子たちは違う列だった。

ミントくんとリンクスくんが並んでるとき、こっちを見ていたので、手を振っておいた。

列を処理していくとクレノ先輩が前に来た。私の列だったらしい。

「僕もよろしく頼むよ」

「あ、は～い。オッケーです。あちらにどうぞ～」

ささっと名簿にチェックを入れて、誘導係のところへご案内。

「僕の応援はしてくれないのかい？」

「ソフィアちゃんたちをいじめるのはやめてくださいね」

「はは、君は本当にシルウェストレの君（きみ）びいきだね」

名簿のチェックが終わると、誘導係が参加者を塔の入り口まで連れていく。

塔の入り口は三つあって、プルーナさん、カサツグくん、パイシェン先輩が参加者を三つのグループに分けて、それぞれの入り口に誘導していく。休日に開催されてるせいか、私服の生徒も多く、見た目も年齢もばらばらの集団だった。

ここから先は、参加者じゃない私には関係ない話だけど、入り口から入った人は四人ずつに分けられ魔法で部屋に転送されるらしい。一階では参加人数の関係で、四人じゃないこともあるらしいけど。

同じ部屋に入った四人が戦い、勝者の一人が上の階に転送される。

上の階でも同じように四人ずつ部屋に入って戦い、勝者の一人が上階へ。

これを繰り返し、最終的に残りの人数が四人になったら、最上階に転送される。

その戦いの勝者が優勝者だ。何も賞品はないけどね。

影呪の塔は十階建てだけど、今回は四階ぐらいで決着がついてしまう。十階まであるのは、もっとたくさんの人が参加していたころの名残らしい。

そこへ案内を終えたパイシェン先輩が戻ってきた。

「ふぅ、あとは私たちにできることはないわ。適当に時間を潰しながら、戦いが終わるのを待ちましょう。一応、私たちが見届け人ってことになってるしね」

ここからは自由時間だ。

シャルティ先輩は参加者でいないので、代わりにプルーナさんがお茶を淹れてくれる。パイシェン先輩とプルーナさんはチェスみたいなボードゲームを始めた。ユウフィちゃんはそれを見学している。カサツグくんは元気に遊びに行った。コリットくんもそれに付き合わされた。

私は椅子に座って本を読むことに決めた。

ソフィアちゃんたち大丈夫だろうか。でも、待つしかないよね。

そう思いながら本を開く。

すると五分後ぐらいに、カサツグくんが焦った表情で走ってきた。

「お～い！　大変だー！」

後ろからはコリットくんが真っ青な顔でついてきている。これは本当に大変そうだ。

よく見るとカサツグくんは魔法を使って何かを引きずっている。それは地面にバウンドしながら、土煙をあげていた。

「なにごと⁉」

パイシェン先輩が立ち上がった。私たちも立って、カサツグくんのほうへ駆け寄る。

「隠れ家に行こうと庭を通ってたら、こんなのを見つけたんだ……！」

カサツグくんたちが見つけた『こんなの』は、中等部の制服を着た生徒だった。猿轡をされ、ロープで腕と足を縛られている……運んでるときは外してあげようよ。

生徒はちゃんと意識があり、真っ青な顔で私たちを見上げている。よっぽど怖い目に遭ったのだろうか。

プルーナさんが素早くその猿轡とロープを外す。

パイシェン先輩が威厳を纏った態度で生徒にたずねた。

「何があったの？」

「ニ、ニンフィーユ侯爵子さま……わ、私も影呪の塔に参加しようとして学校へ来たんですが、突然誰かに襲われて、気がついたらこんな格好で……そのままそちらの伯爵子さまに引きずられて……」

パイシェン先輩がすぐに何かを察したようにたずねる。

「生徒手帳はあるかしら？」

「は、はい、この通りポケットに……なっ、ない!?」

予想通りの結果だったらしく、パイシェン先輩は顔をしかめた。

「あなた名前は？」

「えっと……」

告げられた名前を確認すると、名簿にチェック済みだった。担当はユウフィちゃんだ。

プルーナさんが怒る。

「ユウフィ！　あなたとコリットには見慣れない人間が列にまじっていないか、チェックする仕事も任せたはずよ。しかも、今回はあなたと同じ水の派閥の人間、ちゃんと気づけたはず！」

「すみません、私……ぼーっとしてしまって……」

「僕もすみません……」

二人は真っ青な顔になって謝る。

それを冷静な声でパイシェン先輩が止めた。

「プルーナ、誘導係の私も部外者がいたのを見逃したわ。とにかく責任が誰にあるかはあとよ。影呪の塔に不審者が紛れ込んだのは確かだわ。すぐに先生に連絡を取りましょう」

不審者と聞いてカサツグくんが叫ぶ。

「不審者ってもしかして、爆破魔ぁ!?」

今この町で、不審者と聞いて一番に思い当たるのがそれだった。

爆破魔というワードに、他の生徒会メンバーの顔も曇る。魔族の犯行だと言われているそれは、貴族の子息子女たちにとっても十分な脅威だった。

プルーナさんが職員室に走る。

残りのメンバーは受付の場所で待機することになった。けど、みんな落ち着かない様子だ。

私はパイシェン先輩のそばに寄って、小声で囁いた。

「私も塔に行ってみます」

パイシェン先輩は振り返って私の顔を見ると、「わかったわ、お願い」とみんなに聞こえない声で了承してくれた。

厠と言い訳して、その場を離れる。

塔までやってくると、入り口と思われる場所には巨大な魔法陣があった。構造的に、中に入れそうな場所は他にない。

乗っかってみたけど、魔法陣が起動する気配はなし。

どうやら途中参加はできないみたいだ。

「天輝さん、なんとかなりませんか⁉」

困ったときの天輝さん頼み。

『ちょっと待ってろ』

天輝さんはそう言うと、魔法陣になんかいろいろやり始めた。

共有してる感覚から、魔刃スキルを起動して何か細かく作業してるのが伝わってくる。

『よし、魔素の破壊しかできないから苦労したが、ある程度制御を乗っ取れた。侵入、相手の顔の確認、声の確認はできる。ただしこちらの声は伝わらない。この程度だがいいか？』

十分すぎます。

「それじゃあ、行きましょう！」

再び魔法陣の上に乗ると、今度は起動して光を放ち始めた。

周囲の景色がぶれる。

そして次の瞬間、四人の魔法使いたちが激しい戦闘を繰り広げる部屋にいた。

＊　＊　＊

転送された部屋では、激しい戦闘音と騒がしい声が聞こえてきた。

「うぉおおお！　ルーヴ・ロゼ高等部四傑衆の俺が、こんなところで負けるわけにはいかない！」

「あいつらが最上階で待ってるんだ！　ここはルーヴ・ロゼ高等部四傑衆の俺様が勝つ！」

「シルウェストレの君たちに話題をもってかれたけど、今年、上まで勝ち上がるのは知る人ぞ知るあたしたちルーヴ・ロゼ高等部四傑衆よ！　一階なんかで負けてたまるものですか！」

「約束したんです！　最上階で会おうと！　ルーヴ・ロゼ高等部四傑衆の名にかけて勝ちます！」

部屋では熱い魔法の応酬が繰り広げられていた。

どうやら話を総括すると、試合前に熱い約束を交わし合ったルーヴ・ロゼ高等部四傑衆という人たちが、組み合わせの不運で全員同じ部屋に放り込まれたらしい。

ご愁傷さまです……。

私は心の中で手を合わせて、その不運に黙祷を捧げる。

さしものルーヴ・ロゼ高等部四傑衆の人たちも、まさか一回戦で残り一人になる運命とは思っていなかっただろう。

　戦いに熱中していた彼らだが、ようやく私の存在に気づいた。

「なに!?　もう一人いるぞ！」

「おかしいぞ！　今回は一つの部屋の人数が五人になることはないはずだ！」

「まさか侵入者なの!?」

「いったいこれはどういうことですか!?」

　お互いの声は聞こえてないはずなのに、息ぴったりに会話を成立させるルーヴ・ロゼ高等部四傑衆の人たち。怪しい侵入者である私にターゲットロックオン。

　一方、私は動けない。

『こら、動くな。じっとしてろ』

　なんか転送時にちょっと私の力の一部が引っかかってしまったようなのだ。ここで動くと塔のシステムを全壊させてしまうらしい。

　実際、ちょっと身じろぐたびに、塔を包む魔法がびりびりばりばりいってるのを感じる。

『だから動くな』

　天輝さんから注意が飛ぶ。

　うわーん、ピンチだよー。

魔法を詠唱してる四人が腕を一斉に私に向ける。

天輝さん！　天輝さん！　どうしたらいいの！

『絶対にじっとしてろ』

あの知る人ぞ知るルーヴ・ロゼ高等部四傑衆の魔法が、こちらに向かって放たれた。

氷の魔法と風の魔法が同時に襲いかかってくる。

氷の息吹と、無数の風の刃が、身動きすることもできない私にぶつけられる。

あぁっ、これはぁ……！

クーラーだ。冷たく涼しい適度な風。

温度設定でいえば23度ぐらい。ひんやり体を撫でる風に気持ちよくなる。

続いて飛んできたのは、灼熱の炎と、岩のなだれ。避けることもできない私の体に直撃する。

こっ、これはぁ……！

マッサージだ。いい感じの熱がぽかぽか体を温めてくれて、ぶつかってくる岩が凝った場所を適度に叩いてくれる。

あぁ、肩こりに効くぅ！

「なっ、直撃したはずだぞ！」

「俺様の魔法でまったくダメージを受けないなんてどういうことだ！」

「あんな小さな体なのに、いったいどれほどの力を秘めてるの！」

「まさか、これが噂に聞く高位魔族なのですか⁉」

強張(こわば)った表情で四人が私を見つめていた。

どういうことですかね。

『力を解放した状態のお前に、この程度の魔法が効くと思うか。どれだけステータスを盛ったと思ってる』

そういえばそうでしたね。

それからひたすら魔法でぼこぼこにされたけど、適度な刺激がこそば気持ち良かった。

しばらくその刺激を堪能(たんのう)していると、天輝さんが面倒そうな口調で言った。

『取れたぞ。これで動いても大丈夫だ』

ぬぽんという感覚がして、引っかかっていた力が私の中にうにょんと入ってくる感じがする。

「はぁ……はぁ……」

「こいつ何者だ……」

「くそっ……」

「こんなところで……！」

よし、それじゃあいきますか。

私は一歩踏み出すと、剣をさっと横に振るった。

四人の体が横一閃(よこいっせん)にまっぷたつになる。

塔のシステムが起動して、ダメージを吸収。代わりに四傑衆(よんけつしゅう)の人たちはその場に拘束される。

とりあえず、この部屋には不審者はいなかったみたいだ。

体が浮き上がる感覚がして、また転送が始まる。今度は引っかからないといいなー。

『私が補助をする』

ご苦労をおかけします。

＊　＊　＊

次の階でもすでに戦闘が始まっていた。

転送された部屋では三人が戦っていたけど、二対一の構図になっている。

しかも、一人の側はソフィアちゃんだった。戦いはバトルロイヤル方式。実力がありすぎると、こういう風に潰しにかかられる場面もあるのだろう。

高等部生らしき二人を相手に、ソフィアちゃんは互角に戦っていた。

私が来たことに気づくと、三人ともこちらを警戒して、一旦距離を取った。

とりあえずソフィアちゃんを攻撃していた二人を倒す。

剣をえいえいと振ると、二人が戦闘不能になって、塔の魔法に拘束される。

それを見たソフィアちゃんが、こちらを驚いた表情で見て叫んだ。

「その剣筋、エトワさまですね！」

ええっ……剣筋って……。そんなのでわかるの……？

いっつも適当に振ってるだけなんだけど……

でも、これは都合が良い。

ソフィアちゃんたちは犯人じゃないとわかってるし、本音を言うと攻撃したくない。

ソフィアちゃんが塔から脱出できて、私も上の階に行ける『降参』を選んでくれると、とても助かる。

今回のイベントは危ないんだよ～、ソフィアちゃん！

降参しておくれ～！

こちらの言葉は届かないので念波（テレパシー）で送ると、ソフィアちゃんは嬉しそうな顔で言った。

「稽古をつけてくださるのですね！　嬉しいです！　いきますよー！」

ちが〜〜〜〜〜う!!

そのままソフィアちゃんは尻尾を振った犬のように、じゃれついてくる。本気の風と光の魔法をこっちに放ちながら。

完全に以心伝心に失敗した私は、すぐにソフィアちゃんの後ろに回り込んで、その体を斬った。

「あれっ……、さ、さすがエトワさまです！」

ソフィアちゃんは自分の体が斬られたことに気づくと、呆然と呟いた。

その体は塔の魔法で拘束されることになる。

できればソフィアちゃんたちは斬りたくなかった。

ごめんよぉ……

私は心の中で謝罪する。また転送が始まる。

＊　＊　＊

イベントが始まった直後。

クリュートは一階で三人の相手と向き合っていた。

(高等部生が二人に、中等部生が一人か……)

身長から相手の学年を推測する。

魔力は年齢と共に成長する。生まれながらに高い素養をもつシルウェストレの子供だが、それでも小学一年生では、青年期の貴族には魔力で勝てない。

(それでも、こんなところで負ける気はない……!)

この戦いにはソフィアやリンクスも参加するのだ。自分だけが遅れを取るわけにはいかなかった。

クリュートの生まれた家は、名家ばかりの侯爵家の中でも、公爵家に最も近いと評価されるシルウェストレの家系。シルウェストレとは『王家の盾』と呼ばれるシルフィール公爵家の予備であり、六つの家が合わさって一つの戦力として成り立っている。だから定期的に血の交換が行(おこな)われてきた。

そんな家の嫡子(ちゃくし)に生まれたクリュートは、周囲に魔法の才能を賞賛され、とにかく自信満々だった。シルウェストレの子たちの中でも、自分が一番だと思っていた。

なのに遺跡で鉄の巨人と対峙(たいじ)したとき、その自信はあっさり崩れ去った。

クリュートの放った土の槍(やり)の魔法は一切通じず、防御すること以外、何もできなかったのだ。

リンクスとソフィアは二人で協力して、あの鉄の巨人に傷を負わせることができたのに……

結局、あの鉄の巨人を倒したのは、自分たちの誰でもない謎の剣士だと聞いた。まったく意味がわからない……

ルーヴ・ロゼの入学テストでも一番になれる自信はあった。

なのに結果は、勉強の得意なソフィアやスリゼルはおろか、リンクスにまで負けてしまった。

そんな自分を負かしたソフィアたちはといえば、時間の無駄としか思えない護衛役の仕事に夢中になっている。

クリュートにはそんなことをしている暇などなかった。

護衛役も試験のうちだと聞かされているが、最終的に大切なのは本人の力に決まっている。

魔法の才能だと、レアな力をもつソフィアやスリゼル、妙に戦いのうまいリンクスに一歩劣るのは認めざるをえない。でも自分だって才能はある。そんなに差はないはずだ。

貴族に必要な力っていうのは魔法だけじゃない。人脈や交渉力、周りをまとめる力なんかもある。

クリュートは家では魔法の練習を、学校では人脈を広げる努力をしてきた。

ここで一つ、その成果を見せてやろうという腹づもりだった。

ソフィアたちがのんきに遊んでいる間に、自分は努力してきたのだ。決してあいつらに引けをとらないことを思い知らせてやる。

のんきといえば、あの仮の主人もそうだ。

公爵家に生まれたくせに、魔力一つもってないエトワとかいう女。

才能もなく、秀でた部分もなく、守る価値なんてゼロ。自分たちの仮の主になったのも、跡継ぎ候補である自分たちのバランスを保つために、他に都合のよい人間がいなかったからだ。

なのに、あの仮の主は立場も弁えず、こっちが夜に修業していると「夜更かしはだめだよー」とか「休憩も大切だよ～。お茶作ったから飲みなよ～」とか、あの間延びした声で注意してくる。

他人の心配をしてる場合かと思う。

クリュートは公爵家の跡継ぎになれなくても、侯爵家の当主にはなれる。将来は約束されている。

一方、あの仮の主人は十五歳になれば、公爵家との縁も完全に絶たれるだろう。

それでも器量がよければ、どこかの商家に嫁ぐぐらいはできただろうが、あの顔と性格である。嫁のもらい手なんているのかどうか。

普段はぼけっとしてるくせに、いきなりハイテンションになり、こっちを変なことに巻き込もうとしたり、無駄なおせっかいをやいてきたり。少しはクリュートの周りにいる少女たちのように、たおやかにかわいらしく振る舞ってみたらどうなんだと思う。

そこまで考えて、クリュートは思考が脱線していたことに気づいた。

そうだ、今はあのアホな女のことを考えてるときではない。

とにかくクリュートとしては、この戦いで日頃の努力の成果を見せなければ。

この影呪の塔で行うのは、一対一の戦いではない。クリュートの立ち回りのうまさが生かされる方式であり、単純な力比べでは敵わないソフィアたちにも、うまく周りの敵をぶつければ勝ち目はある。

クリュートは笑みを浮かべながら、自分の優れた部分を確認する。

(この戦い、ソフィアなんかは考えなしに飛びかかって、一対多数の状況に追い込まれそうだけど、僕はそんなミスは犯さない。最初はじっくり周りの出方を観察する)

どうやら高等部生二人も同じ考えだったようで、互いに油断なく睨み合う膠着状態になった。

なのに……

中等部生の一人だけが、だらしなくポケットに手を入れて顔を上に向けている。塔の魔法のせいで表情まではわからないが、あくびしているように見えた。

(なんだこいつ……バカなのか……?)

当然、他の人間から目をつけられる。

高等部生の二人は最初の魔法のターゲットを、そのだらけた中等部生に決めた。

(ほらな……)

クリュートも魔法を準備する。二人に狙われた中等部生にとどめを刺すか、高等部生のうち隙ができたほうを狙うか、どちらでもいい。

ただ最初に脱落するのが、あの中等部生なのはわかりきったことだ。

——そう思っていた。

『……』

中等部生がポケットに手を入れたまま、何かの呪文を短く唱えた。

その瞬間、黒い渦が出現し、高等部生二人を呑み込んだ。

塔の魔法でダメージは無効化されるが、高等部生たちの体は塔に拘束されてしまう。

つまりそれは、中等部生の魔法が、その二人に致死量のダメージを一瞬にして与えたことを示していた。

（なんだ……あの魔法は、やばいぞ⁉）

見たこともない魔法に、クリュートの体を冷や汗が流れる。

中等部生の顔がこちらに向く。

慌ててクリュートは防御の魔法を組み上げた。

土の壁と魔法障壁(しょうへき)を何重にも重ね合わせる。物理と魔法を組み合わせた万能の壁。ほぼどんな種類の攻撃でも防ぐことができる。

（まずはこれで様子見だ！）

相手の攻撃さえ食らわなければ負けはしない。

そう思った瞬間、クリュートは自分の体が闇の渦(うず)に喰(く)われていることに気づいた。

「えっ……？」

塔の魔法が発動し、その体を拘束する。

（嘘だ……この僕が……負けた……）

クリュートの敗北が決定した。相手から何をされたのかもわからずに。

＊＊＊

影呪の塔の二階ではスリゼルとクレノの戦いが始まっていた。

向かい合う二人。スリゼルの手から、黒色の矢が放たれる。

（闇系統の魔法。ということは、噂に聞くスリゼルくんかな？）

珍しい属性の魔法に、クレノはすぐに相手が誰かを察する。

クレノが塔の床に手をつくと、床のブロックが宙に浮かび上がった。

ブロックは黒色の矢と衝突し、次の瞬間、ぼろぼろに風化して塵になって消えていく。

闇の魔法は目標に当たったあと、何かしらの悪影響を与えるものが多い。そのため魔法障壁などで防御すると、痛い目に遭ったりする。

クレノは最小限の力で、その攻撃を防いだ。

その間に、魔法で加速したスリゼルが、クレノ相手に一気に距離を詰めていた。右手には風の力で作られた曲剣。簡単に防御のできない闇魔法で敵を崩し、風の魔法で速攻して一瞬で片をつける。

（――って作戦なんだろうけど）

クレノは右手のポケットに入れていた金属製の棒に手を触れた。

（ちょっと甘いね……！）

それは本当に何の変哲もない、ただの鉄の棒だ。しかし、クレノが手を触れただけで、一瞬にして鎌の形状へと変化する。

土の魔法は周囲から素材を呼び寄せるものが多い。そのため攻撃するまでに時間がかかるが、代わりに他の魔法にはない質量や物理的な特性で攻撃できる。

そして発動の遅さについても、クレノはしっかりと対策を取っていた。

クレノが作り出した死神の鎌は、変形する勢いも利用して鞭のようにしなり、スリゼルの纏う風を突き破って、その身に襲いかかる。

「くそっ……」

スリゼルは顔を歪めて軌道を変える。

鎌はスリゼルの右腕を肩口から刈り取った。その腕が塔の魔法で拘束され動かなくなる。

致命傷を避けたことに、クレノは少し驚嘆した表情で笑った。

「へぇ、やるねぇ」

驚きながらもその表情には余裕が見られ、手に持った金属を剣に変えて追撃の姿勢を見せる。

対して、スリゼルは余裕のない表情でクレノを睨(にら)み、魔法の詠唱(えいしょう)を始める。

クレノは腕を失ったスリゼルに接近戦をしかけて畳みかけるつもりだ。対してスリゼルは相打ちも覚悟した大魔法の準備をしていた。

そうしなければ、もはやこの勝負、スリゼルに勝ち目はなかった。

あと一歩のところで負け――スリゼルとクレノの年齢差を考えると仕方のない結果か。

だがクレノがなかなか突っ込んでこないことで、スリゼルはようやく気づく。

部屋にもう一人の人間が出現していたことに。

＊　＊　＊

二階に出現したディナはあくびをした。

「はぁ、退屈っす……」

一階は何も興味を引かれるものがなかった。犯人もいなかったようだし。

高校生の二人は問題外。小学生は年齢にしては、魔法の構成は良かった。

才能はあるのかもしれない。でも戦いのセンスというものに欠けている。あそこで防御に回るなんて、楽に倒してくれと言うようなものだ。

実はディナは以前も、この影呪の塔に参加したことがある。学生時代に、ルーヴ・ロゼの強い学生が集まると聞いて、今回のように潜入したのだ。

方法も今回と同じ。適当な生徒を捕まえて、生徒手帳を奪ってなりすますだけ。

そのときはサルマンド公爵家とグノーム公爵家の子息が参加していて、かなり面白い戦いができた。

まああの年は、歴代でもかなりレベルが高かったらしい。今回もそれを望むのは酷というものだろう。そもそも今回は仕事で来ている。部屋に入ってからちょっと様子を見るのも魔族が紛れ込んでないか確認するためだ。

二階ではディナより先に二人の生徒が戦っていた。

土の魔法を使う生徒と、闇と風の魔法を使う生徒。

二人とも小学生みたいだが、なかなかいい動きをしている。

ただ経験の差があるのか、勝負は土の魔法の生徒が勝ちそうだった。もう決着がつくかと思って様子見をしていると、二人の意識がディナに向く。

「ありゃ、勝負の邪魔しちゃったかね」

ディナはやる気の薄そうな表情で呟く。

魔族でない以上、勝手に決着をつけてくれても構わなかった。残ったほうはもちろん倒させてもらうが。

ディナは彼らを知らないが、二人の生徒はスリゼルとクレノだった。

スリゼルは唱えていた風の魔法をディナへと向ける。

（血気盛んだねぇ……）

唱えていたのは圧縮した大気を爆発させるポピュラーな魔法。高い威力と範囲の広さで知られるそれは、近接した位置でクレノに放てば、スリゼル自身もダメージを避けられないだろう。

ディナはその選択に、スリゼルの自傷的なまでの攻撃性の高さを読み取った。

爆風に呑まれる瞬間、ディナは魔法障壁を発生させる。

異常な強度の魔法障壁は、高威力で知られるその魔法を微動だにせず受け止める。

それを見たスリゼルは顔を歪め、ディナのほうへと突っ込んだ。さっきのように風の魔法で加速し、今度は左手に闇の剣。魔法障壁にぶつけて、障壁ごとこちらを削り倒す気か。

「生き急いでるねぇ……」

ディナはポケットに手を入れたまま、すでに詠唱を終えていた魔法を発動する。

『黒渦』


スリゼルの前方に黒い渦が現れ、その体を一瞬で呑み込んだ。

魔法が無効化され、塔の魔法がその体を拘束する。一撃で決着がついた。

さてあと一人、とディナがクレノのほうに体を向けると、周囲にきらきらした何かが浮遊していた。

（金属片……？）

それは二、三センチほどの大きさの、まばらな金属片だった。

どうやらディナとスリゼルが戦っている隙に、クレノが散布したものらしい。クレノがオーケストラの指揮者のように腕を振ると、その金属片は鳥の群れのように動き出した。

（へぇ、面白い工夫をするじゃない）

ディナの顔に初めて笑みが浮かぶ。

恐らく魔法で磁力を発生させて操っているのだろう。金属片はクレノの手の動きに合わせて周囲を飛び回り、ディナに襲いかかる。

散弾のようなその攻撃を、ディナは細かく物理障壁を発生させ、的確に防いでいく。

だが、撃ち落とされても、金属片はクレノの手の動きに合わせて再び宙に浮かび上が

り、すぐに攻撃に参加し始める。攻撃魔法としての燃費のよさは、十三騎士のディナを
も感心させた。
クレノがそんな手を取ったのは、ディナの使う魔法の正体がわからなかったからだ
ろう。
わからないからこそ攻撃を続け、戦いの主導権を握る。その判断は間違っていなかった。
クレノは左手で金属片を操りながら、右手で剣を作り出し、ディナへと斬りかかる。
スリゼルがやったのと同じ動き。でもスリゼルが焦りから強引だったのに対し、クレノ
の場合、一連の攻撃として見事に繋がっている。
(攻め方のセンスもいい。ただ……)
ディナはクレノの剣をあっさり避けると、その顔に膝蹴りを叩き込んだ。
「相手より自分のほうが接近戦慣れしてると思うのは驕りだね」
接近戦に自信のあったクレノは逆襲を受け、驚愕の表情になる。しかも、クレノは
剣と魔法を使ったのに対して、相手は丸腰――ポケットに手を入れたままだ。
ディナとしてはクレノの戦い方は気に入った。魔法もうまいし、工夫もある。センス
もいい。
ただ接近戦の不得手な相手としか戦ってこなかったのだろう。貴族出身の魔法使いに

はそういうのが多い。もともと大きな力をもっているのだ。あえて肉体まで鍛えようとは思わないのだろう。

でも、それは凡夫の話。

本当に強い魔法使いは、接近戦も強い。貴族出身だろうと、平民出身だろうと。

少なくともディナの知っている強者たちは、近づいてなんとかなる者なんて一人もいなかった。

クレノは距離を取り、また金属片を飛ばしてくる。さすがにもう手詰まりなのだろう。

小学生にしては上出来なほうだと、ディナは素直に賞賛した。

だから、もう一つの魔法を見せてやることにした。

この塔に入って初めて少し楽しい思いをさせてもらった。そのお礼みたいなものだ。

ディナはポケットから手を抜き、呪文を唱える。

クレノは何が来てもいいように身を低くして警戒の態勢を取った。

『黒剣』

黒く薄くひらべったい楕円状の何かが、部屋を一閃していく。

クレノが咄嗟に張った魔法障壁は何の意味もなさず、その体はまっぷたつに切断された。

塔の魔法がクレノの体を拘束する。

勝負はついた。二階での戦闘も終わりだ。

一階、二階と、魔族には当たらなかった。この間にもしかしたら別の部屋で魔族の被害が出ているかもしれない。塔のシステムを考えると、そこまでひどくはならないだろうが。

ディナとしては、そこらへんは仕方のない犠牲だと思っている。

魔族を捕らえなければ、いずれ被害は出るのだ。

運営に伝えてイベントを中止させれば、目前の被害は防げるかもしれないが、魔族の手がかりは失われてしまう。

あえて中止にしないことは、のちの被害を防ぐための必要な措置だ。

そもそも絶対に安全な戦いなど、この世には存在しない。このような場所に足を踏み入れるからには、それなりの覚悟は決めておくべきだと思う。

少なくともディナの考えではそうだった。

そこまで考えて、ディナは転送が始まらないことに気づく。

そういえば倒したのは二人だけだ。周囲を見ても他に拘束されている人間はいない。

なんてことだ。下の階の決着に時間がかかって、まだ三人目が来てないらしい。

「げっ、これって相手が来るまで足踏みなの……？」

それから五分後、残る一人が現れたが、魔族でもなかったし、弱かった。

＊　＊　＊

ソフィアちゃんとの悲しいすれ違いを乗り越えて、三階にやってまいりました。

はてさて不審者さんはいずこにいるんでしょうか。

早く接触したいものです。

三階にいたのは、リンクスくんとミントくん、それからあともう一人の誰か。

とりあえず、もう一人の人が飛びかかってきたから倒す。

あとはリンクスくんとミントくんだけ……

私を見てリンクスくんは警戒するように構えを取る。ミントくんは後ろにてくてくと下がった。

お、もしかしてミントくんは気づいてくれたのかも。

でも、リンクスくんはどうにもできない。そもそも、私のこの力のこと知らないし。

『何をやっている。早く倒せ』

「わかってますよー。でも、リンクスくんたちは斬りにくいんです」

私は天輝さんにぶーぶー文句を言う。

怪我しないのはわかってるけど、斬りかかるのは心が痛む。ずっと一緒に暮らしてきたかわいい弟妹みたいなもんなんだもん。本当は剣を向けるのだって嫌だ。

とりあえず、ソフィアちゃんのときと同じく、あんまり顔を見なくていいように、後ろに回り込んで斬りかかる。

「うっ、わぁっ!?」

ありゃ、避けられちゃった。

「……うぐっ、はぁはぁ……なんださっきの速さ！　俺の知らない魔法を使ってるのか!?」

リンクスくん、反射神経いいよねぇ。魔法使わなくても、かけっことか速いし。

仕方ない。もう一度。

そう思って、大きく踏み込んで斬るけど、リンクスくんは信じられない反射神経で、二撃目、三撃目を致命傷にならないように避けていく。

しかも、完全に避けるわけじゃなく、当たりつつ避けていくから、私の精神的ダメージがすごい。リンクスくんの体に剣が当たるたびに、胸がぎゅぅーっと締めつけられる。

「同じ世代に、こんなに強いやつがいたなんて……」

リンクスくんは汗をいっぱい垂らしてそう呟く。

一方、私はテンションだだ下がりの青い顔だ。

『おい、まじめにやれ』

天輝さんに怒られた。

仕方ないから、もう少しだけ、もうちょっとだけ、パワーを入れて戦おう。

私はさっきの二倍ぐらいの速さで、リンクスくんへと踏み込んだ。せめて一撃で。

驚愕するリンクスくんの顔が見えたとき、ちょっと手元がぶれたけど、大丈夫、ちゃんと当たる。

そう思っていたら、リンクスくんの両手のひらから赤熱する高速の空気が放たれた。

リンクスくんはその勢いで後ろに飛び、退避する。

なにあれ!?

『ふむ。風の魔法で空気を圧縮し、それを火の魔法で燃焼させながら排出して高速で飛んでいる。お前の知識で言うと、ジェットエンジンと呼ばれるものに近いな』

ジェットエンジン!?　いつの間にそんな魔法を！

その速さはソフィアちゃんたちが普段使う風の加速魔法とは比べ物にならないもの

だった。

予想できなかっただけに、リンクスくんの腕だけをもっていってしまい、私はまた精神的ダメージを受ける。

「くそ、隠してた切り札の魔法まで使っても避けきれないのかよ……」

リンクスくんは切羽詰まった表情で、斬られた腕を押さえて呟く。

でも戦う意思はまだ萎えてないようだった。

なんで、そこまでがんばるのさー……。大人しく倒されてよー……

私は心の中で、ちょっと涙目になった。

すると、リンクスくんはまるで私の疑問に答えるように呟く。

「相手がめちゃくちゃ強いからって、諦めるわけにはいかねぇだろ……。もっと強くなるって決めたんだ。二度とあんな目には遭わせないように。今度は自分の力で倒せるように……」

リンクスくんの周囲に、さっきと同じジェットの魔法が発動する。

その瞳には強い輝きがあった。

「そしてあいつを守るんだ……！」

ごめんよ、リンクスくん。

私はまた勘違いをしてしまっていたようだ。

今度はちゃんと戦う覚悟で剣を構える。まだ本気ではないけれど、今のリンクスくんの覚悟に応えられるような、ふさわしい力を。

リンクスくんの体が加速し、私に接近する。

そのままリンクスくんは、超高温化されたジェットの空気をぶつけてくる。高速移動から瞬時に攻撃へ転換。攻防一体、見事にバランスのとれた魔法だと思う。

当たっても平気だけど、私は礼儀として避けて、リンクスくんの足を斬った。

「くっ……！」

片腕に続いて足も失い、体のバランスが崩れたリンクスくんは地面にごろごろと転がる。

それでもリンクスくんは諦めない。

床に転がったまま体勢を変え、こちらを睨むと、すぐに魔法の詠唱を始めた。

たぶん、この魔法は遺跡で鉄の巨人と戦ったときソフィアちゃんとやった、風と火の同時攻撃の応用なのだと思う。それを大幅に改良して、一人で使えるようになるまで練習してきたのだ。

（リンクスくん……すごいよ……）

リンクスくんの詠唱が完成し、空中に巨大なジェット装置が出現する。天輝さんが補助してくれたのか、普段は見えないそれがはっきりと見えた。美しく煌めく、リンクスくんの努力の結晶。

その大きさは逃げるためではない、私を攻撃し倒すためのものだ。

炎を纏った巨大なジェット噴射が、影呪の塔の一部屋を呑み込む。

私は壁伝いにそれを避けて、リンクスくんの体に接近した。

（君は……必ず強くなる……！）

私の剣がリンクスくんの体を断つ。

リンクスくんは最後まで諦めない表情をしていた。塔の力でその体が拘束される。

終わったぁ……

私は深く息を吐く。

きっとこのまま成長したら、リンクスくんが五人の中で一番強くなるのかもしれない。

公爵家を継げるのかまではわからないけど。

でも、がんばれ、リンクスくん！

心の中でエールを送る。

『まだ終わりじゃないぞ』

天輝さんに指摘されて、思い出す。
まだミントくんがいたんだった。
ミントくんのほうを見ると、さっと両手を上げて呟(つぶや)く。
「降参……」
ほっ、助かった。
これで最上階に行ける。
またふわっと転送される感覚に包まれた。

＊＊＊

最上階に出た私は、とりあえずその部屋にいた二人を倒す。
さすが最上階に来ただけあって、今まで戦った誰よりも強かった——気がする。
部屋にいた人間をすべて倒したけど、何も起こらない。
まだ残りの一人が来てないのだろうか。
もしかしたらその人が不審者で、爆破事件の犯人なら、魔族かもしれない。
私は最後の一人が来るのを待つ。

しばらく待つと、部屋に転送の魔法陣が現れ、一人の女性が出現した。

外見から二十歳弱というところ。高等部生とそこまで歳が離れてなさそうだった。

あまり特徴はなく、猫っ毛気味の赤毛が特徴といえば特徴だろうか。

この人が魔族……？

ハナコからの情報と照らし合わせても、そうは見えない。

でも、黒いローブを羽織っていて、明らかにうちの生徒ではない。不審者であることは確かだ。

そう思っていたら、天輝さんが珍しく強い口調で私に言った。

『エトワ、後ろに跳べ！』

私自身、何かやばい予感に突き動かされ、大きく後ろへ跳ぶ。

今までいた場所に黒い渦が出現していた。

『黒渦』

目の前の女性が嗤う。

＊　＊　＊

さっきの黒い魔法。

今まで私が見たことのある魔法とは、まったく異なる感じがする。

「へぇ、これはついに当たりってことっすかねぇ」

よくわからないけど、よくわからないことを言いながら、女の人は楽しそうに嗤って、ポケットから両手を出す。魔族かは今のところ判断できないけど、不審者であることは決定だよね、これ。

天輝さんが私に警告した。

『あれには当たるな。さすがのお前もダメージは避けられん』

「いえっさー！」

天輝さんが警告するってことは、あの魔法、かなり危険なものらしい。

色からして闇魔法？

でもスリゼルくんがあんな魔法を使ってるのは見たことがない。

相手がまた呪文の詠唱を始める。たぶん、さっきと同じ。

「天輝さん、魔刃の起動をお願いします！」

相手が魔法を使うなら、魔刃で壊してしまえばいい。

そう考えた私に返ってきたのは、予想しない答えだった。

『無理だ。あれを破壊するのは手間がかかる。とにかく避けろ』

ええっ、どういうことですか⁉

魔法を避けながらびっくりする私に、天輝さんが解説してくれる。

『あれは魔法によって生み出された重力子が作り出す空間の井戸だ。超重力により落ち込んだ空間が、魔法の本体――つまり重力子――を覆うように存在する。魔刃で攻撃しても、魔法を破壊する力がその本体にたどり着く前に、超重力に呑み込まれる。呑み込まれた先で向かうのは重力の中心点だ。だが、あの重力の渦は高速で回転している。本体である重力子は恐らくドーナツ状になっているはずだ。重力の中心点には何も存在しない。あの空間の渦そのものは、重力子が引き起こす物理的現象であり魔法ではない。そしてあれに呑まれた先にあるのは、魔法の本体ではなく、何もない虚空だ。よって魔刃で破壊するのは不可能に近い。わかったか？』

よし、わからないことがわかった！　無知の知！

「でも手間がかかるってことは、破壊する方法はあるの？」

『このルヴェンドの町を更地に変えていいなら破壊することは可能だぞ』

それではダメです。

これはひたすら回避するしかなさそうだ。

防御不能、破壊不能の魔法。

なんか急にむちゃくちゃな敵が出てきたなぁ。

さっきから私を追うように黒い渦が出現するので、がんばって避けていく。連発できるみたいだし、狙いも正確。威力は力を解放した私たちがダメージを受けるほど。

この魔法、反則じゃないですか？

こちらが攻撃しようにも、それを予測するように進路に黒い渦を置かれる。

これでは攻め手がない。

私は試しに光波を発動させて、光の刃を飛ばして攻撃した。

すると、黒い渦を置かれて防がれてしまった。

相手の女性も、私の攻撃を見て首をかしげる。

「魔法？　魔法剣？　不思議な力を使うっすね」

防御にも使えるとー。

万能じゃん。

こうなったら……

こうなったら！

『何か作戦でもあるのか？』

たずねてくる天輝さんに答える。

「慣れる！」

説明しよう。

今は敵の攻撃に慣れてないから避けるのに一生懸命で、チャンスがないように感じるけど、きっと慣れてきたら反撃のチャンスも生まれる気がするのだ！　たぶん！

『お前にしてはまともな作戦だ。すまないが、今回、私は役に立てそうもない。それでいくぞ』

魔法の完成から黒い渦（うず）が生じるまでには、わずかなタイムラグがあることに気づいていた。

その前兆を感じ取り、避けていく。

女の人はこちらがやたら避けるのを見て、進路を予測してそこに置いてくるようになったけど、とりあえず発生を感じてから避けることができるので、そこらへんは平気だ。

大切なのは焦らないこと。そしてとにかく避ける！

するとと、さすがに女の人も焦った表情をしだした。

一方、私はだんだんと慣れてくる。

よしよし、狙い通り余裕が出てきたぞ。

ちょっとずつ、相手の攻撃の隙らしきものが見え始めた。

私はそのうちの一つに、試しに飛び込んでみた。地面を蹴って、一気に加速する。

黒い渦が置かれる前に、剣の間合いまで詰めることができた。女の人の顔が驚愕に染まる。

（とったぁー！）

私は成功を確信して剣を振るった。

その瞬間、相手の姿が目の前から掻き消える。

なんとっ⁉

回避されたのはともかくとして、攻撃を避けた軌道というものがまったく見えなかった。

いつの間にか相手は離れた位置に立っていて、引きつった表情をしている。

『ごく短距離だが空間転移したようだ』

なんとっ、確かに遺跡の魔法とかでそういうのあったけど、まさか素でできる人がい

ると は……！

魔法には詳しくないけど、かなりすごい気がする。

一方、女の人のほうも真剣な顔になった。

「まさかこんな大物に会うとは思ってなかったっすねぇ。本気でいかせてもらおうかな！」

女性はまた魔法を唱えだした。

さっきと似てるけど、ちょっと違う気がする。

『黒剣』

その呪文が完成した瞬間、私は反射的に伏せていた。

「わわっと!?」

頭上を黒い楕円状の何かがすり抜けていく。それは塔の壁を、音もなく切り裂いた。

また変なのが出てきたぞ……なんだこれっ……

『さっきの空間の渦を平面に引き伸ばし、剣のようにして攻撃している。触れるなよ。物理的な強度はほぼ役に立たん』

解説ありがとうございます！

また面倒な魔法が加わった。こうなったら……！

『また慣れるしかないな』

そうなんです。

慣れるしかないんですよ。だって他に何もできないんだもん。ステ極振り戦士だし。

一生懸命避けて、根性で相手の攻撃に慣れる作戦続行中である。

正直、もうちょっとかっこよく戦いたーい。

＊＊＊

「よっ！　ほっ！　はっ！」

ジャンプして、しゃがんで、横に跳んで、またジャンプして。

そんな私の左や上や下や右や背中に、黒い渦が現れたり、通り過ぎたりする。

黒剣と黒渦がまじった攻撃も、なかなかうまく避けられるようになってきた。

いやー、慣れれば人間なんとかなるもんですねー。

首の辺りに迫った黒い剣を、頭を下げて軽く避ける。

次に黒い渦が四方から迫ってきたので、ひねりを加えながらジャンプして脱出！

着地も決まった！　天輝さん、何点!?

『攻撃もちゃんとしろ。相手の魔力切れまで付き合う気か』

「わかっております」

避けるのに慣れた私は、隙を見つけて距離を詰め、剣を振る。

「くっ！」

敵は空間転移の魔法で回避するけど、詠唱（えいしょう）までにちょっと隙がある。

私の振るった剣は体には当たらなかったものの、そのマントを切った。

これなら体に当たる日も遠くない。

そして慣れてきたのは、実は相手の攻撃だけじゃない。

この塔での行動は、割と周囲の環境に気を遣っていたのだ。速く動きすぎると、塔を壊してしまいそうで……。でも、この攻防のおかげでだいぶ力加減がわかってきた。

私は試しに、塔が壊れないぎりぎりの力で地面を蹴って、横の壁を目標に跳ぶ。

床は多少瓦礫（がれき）になりながらも、私の力に応えて体を加速させてくれた。

私の体は慣性（かんせい）の作用で、横の壁に垂直に着地する。そこから同じ力加減で壁を蹴り、相手に向かって跳んだ。

秘技、三角飛び！

「なんて動き!?　化け物っすか!!」

相手は驚愕しながら、横に跳んで回避しようとする。

初めて空間転移の速度を超えられたかもしれない。

女の人は体術もかなりのレベルで、致命傷にならないように避けたけど、私の攻撃はその右腕を取っていた。塔の魔法で相手の腕が動かなくなる。

よし、もうちょっとだ。

＊＊＊

ディナは戦いながら焦りを加速させていた。

(なんなんっすか！　この人間離れした動きは！)

最初に勘よく魔法を避けたのを見たときは、ようやく当たりを引いたと思った。

おまけに人間の魔法使いとは異なる攻撃方法。

それは一般的な魔族が使う魔法とも違ったが、そもそも魔族というのは人間とは異なる人型の存在の総称だ。その成り立ちから生態までよくわかっていない。

だから、こういう魔族もいるのだろうと思った。

でも、喜べたのはそこまで。

自分の魔法をいくら放っても倒せなかった時点で、喜びは焦りに変わっていた。

魔族というよりは、野生動物じみた回避の動き。瞬間移動かと見まがう、でたらめな跳躍速度。

ディナは魔族と戦った経験も十分にあるのに、こんなのと戦ったことは一度もなかった。

切り札の空間転移まで使わされる始末。

それなのに片腕を落とされたのは自分のほうなのだ。

敵の力を見誤った。

（これはミスったかもしれないっすね……）

倒すなら十三騎士を、あと二人ばかりは連れてくるべきだったかもしれない。

すべての手札を切ったが、この敵に対する有効打はない。

一方、最悪なことに、相手の動きはどんどんよくなっている。

魔獣みたいな動きで、壁を床を天井を跳ね回り、隙を作らないようにしてるはずなのに、わずかなこちらの隙を見つけ、信じられないスピードで接近し、剣を振ってくる。

その剣速もバケモノじみていた。

敵がまた魔法を回避し、こちらへと飛びかかってくる。その動きはさらにギア一つ分、スピードが上がっていた。

——まだ速く動けるのか、信じられない。

その攻撃を避けられたのは、ほぼ適当な勘のおかげだった。今日ほど、体術を磨いておいて良かったと思ったことはない。

もう相手が魔族であるのかすら疑いたくなってきた。

人の形を取る高位の魔獣？　ゴシップ紙を騒がす未確認生物？　はたまた神の嫌がらせ？

そのどれであろうと、どれでもなかろうと、変わらないたった一つの事実がある。

（まずい……本当にまずいっすねぇ……）

一度だけ、偶然避けられたからって、喜ぶ要素は何一つない。

こっちの攻撃は、ほぼ手詰まりなのである。

ディナの魔法は、確かに発動まで少しラグがあるし、効果範囲は一般的な魔法に比べると狭い。

しかし、その分、防御も破壊も不可能に近い一撃必殺なのだ。

勘のいい魔法使いなら、一発や二発は避けられるかもしれないが、その全部を避けきれるものではない。

だからディナは今まで、タイマンでは片手の指で足りるほどしか負けたことがなかった。

負けたのはいずれも、ディナ以上の詠唱速度と攻撃能力をもつ魔法使い相手にだけ。

今回の相手は違う。

魔法なんて使わずに、ディナの魔法を見て、身体能力だけで避けているのだ。

どんなでたらめだと問いたい。

黒剣も黒渦も平気で避けまくる。空間転移をしても瞬時に捉えてくる。動きの一つ一つは、魔法でも使ってるのかと思うほど速い。なのに攻撃手段は原始的な剣を振るだけ。

タチの悪いジョークのようだ。

もう今の時点でディナは勝ち筋を失い、ただここに十三騎士最強の男にして自分の上司でもあるマスターベリオルでも駆けつけてくれないかと祈るばかりだった。

いっそ職務放棄して逃げ出したい。

なのにまだここに残っているということは、意外にも仕事にマジメに取り組む性格だったんだと、自分の知らない一面を発見して、ディナは驚いていた。

生き残ったら上司に伝えて褒めてもらおう。ボーナスがもらえるかも。

しかし、それも望み薄だ。今は剣の攻撃しかしてこないが、これに爆破の魔法が加わるはず。そうなると、もうどうにもならない。お手上げだ。

そこまで考えて、ふと、ディナは違和感に気づいた。

（あれっ……？　こいつ本当に追っていた魔族なの……？）

よく考えると、相手は一度も炎の魔法を使ってない。

ディナはかなり離れた位置に立つ、ちっこい魔族を見つめた。

この距離でも、相手は瞬時に間合いを詰めてくる。だからディナは進路上に、黒渦（こっか）と黒剣（こっけん）を置けるように準備をしていた。相手もそれがわかっているのか、地面に四つんばいになってうずうずしている。

今にも獲物に飛びつかんとする猫のような有様だ。

あまり時間がないので、ディナは急いで塔の空間に干渉し、情報を集めた。

調べた結果、塔の人間に犠牲が出た形跡はゼロだった。

（まさかこれって……）

ディナは目の前の対象が人間とはとても思えない。魔法は身体能力だけで避けるし、剣は空間転移をする自分に当ててくる。こんなの人間のやっていい動きではない。

しかし、事前の情報によると、今回の魔族の動きには組織性があるようだった。

劇場での会話から、敵はこの塔で犠牲者を出す予定だったはずである。なのに最上階まで来ても、誰一人犠牲になっていない。

そう考えて百歩、いや、一万歩譲ろう。

目の前の相手は、悪意をもって潜入した魔族とは別の、よくわからないけど迷い込んだ、もしくは入ってきてしまった、魔獣の類か超常的な存在。またはそんなのいるのか知らないが、良心的な魔族。そんな二つの仮定を思いつく。

人間という選択肢は外した。頭痛がひどくなるからだ。

ディナは自分に正気かとツッコみたくなった。

しかし、もうそう考えるしかない。そうじゃないと、いろんなことに説明がつかないし、そもそも自分が詰んでいる。このままじゃ確実にやられる。

目の前の相手にやられて、塔に拘束され、任務は失敗。その後もきっとろくでもない目に遭う。

それを防ぐには、相手が害意のない存在である……そんな可能性に賭けるしかない。

ディナは魔法を使い、塔の魔力に干渉されない空間を、相手と自分との間に開通させた。空間を使った糸電話みたいなものである。

「ねぇ……ちょっといい……？」

会話の通じる相手であってくれ、そう願いながらディナは話しかけた。

体を伏せて、こちらに飛びかかろうとしていた相手が、いきなりガバッと立ち上がる。

「はいもしもし、お世話になっております！　どちらさまでしょうか！」

そしてなんとも気の抜ける返事が返ってきた。

そのマヌケなトーンの間延びした声を聞いた瞬間、ディナの体からガクッと力が抜ける。相手の強さと言動のギャップに、犯人ではないと察してしまったからだ。

『目の前の相手だ。塔の魔法に干渉されない、細く長い空間を作って話しかけてきている』

「そうなんですか⁉」

どこにいるのかわからないが、男性の声も聞こえてきた。もうわけがわからない。

ただ話しぶりからすると、信じられないことに、相手は人間のようだった。

しかも、見た目通りの子供。

「えっと、実は私は王家直属の組織の人間でね。この塔に紛れ込んだ爆破魔を捜してたんっすよ」

「そうだったんですか！　私は生徒手帳を奪ってこの塔に侵入した不審者を捜してたんです！　たぶんお姉さんと一緒の相手を捜していたんですね！」

「……」

その不審者は自分のことだけれど、話さないほうが良さそうだとディナは戦略的に判断した。別に騙（だま）そうとしているわけではない。あくまで捜査の円滑（えんかつ）な遂行のためだ。

この子と敵対するのはマズイ。

「ということは、塔には魔族はいなかったということでいいのかな？」

「はい！　てっきりお姉さんが不審者かと思ってました。誤解して飛びかかってすみません！」

謝罪された。いや、その不審者自分だけどね、と少し罪悪感が湧く。

しかし、塔の中に魔族はいなかったのか……。それとも下の階で倒された？

見つからなかった犯人の行方を再考していたとき、ディナは塔の下側から強い魔力を感じ、自分が完全に作戦ミスを犯したことを悟った。

＊＊＊

もう少しで倒せそうだ。

そう思っていたとき、急に耳元に女性の声が響いてきた。

「ねぇ……ちょっといい……？」

前世の癖で、思わず右耳にエア電話を当てながら返事をする。

「はいもしもし、お世話になっております！　どちらさまでしょうか！」

名前と住所は言わない。相手が名乗ってないからだ！

詐欺かもしれないしね！

というか、誰の声？

そう思っていたら、天輝さんが教えてくれた。

『目の前の相手だ。塔の魔法に干渉されない、細く長い空間を作って話しかけてきている』

そんなことができるのかと私はびっくりした。

何の用だろうと首をかしげる。

すると、お姉さんは事情を説明してくれた。

どうやら爆破事件のことを調べるために塔に入ってきた人らしい。

これは悪いことしたなぁって思って、むやみに飛びかかったことを謝る。

良かった、もう少しで捜査の邪魔をしちゃうところだった。

それにしても生徒手帳を奪った不審者はどこに行ったんだろう。お姉さんの話から考えると、やっぱり不審者は爆破魔だったんだと思うけど。

そう考えていたとき、私の心眼があるものを捉えた。

塔の最下部にいきなり出現した巨大な魔法陣。

なんて大きな魔法だろう。塔の最下層からこの最上階までを一撃で爆破してしまえそうだ。

これはまずい！

天輝さんが納得した声で呟く。

『なるほど、トーナメントの終了に合わせて、長時間の詠唱を要する極大魔法で塔ごと焼き尽くす作戦に出たか。わざわざ塔に乗り込んでいくよりよっぽど賢い。きわめて合理的だ』

私たちがバカだったみたいに言わんでください！　……バカだったのかもしれないけど。

でも、これは本当にヤバそう。なんとかせねば。

「天輝さん、劇場のときと同じのをお願い！　あれであの魔法を破壊します！」

下の階にはまだ拘束されてる人がいるから、普通の魔刃は使えない。

『さすがに無理だ。あれの処理には時間がかかる。あの魔法が起動するまで残り二十秒もない』

えええええ、じゃあいちかばちか、この塔ごと斬るしかないってことなの？

剣を振った先に拘束された人がいたら死んじゃうよ。奇跡的に無事でも、塔が崩れるし、さすがに248人を無事に救出するのはムリぃ。

そう思ってたら、お姉さんが話しかけてきた。

「あの魔法を、壊せるっていうんっすか!?」

「は、はい。でも、下の階に人がいて、斬るのがちょっと難しくて……」

するとお姉さんからとても頼りになる提案が飛び出した。

「塔にいる人間の位置はこっちで把握してるっす。斬っても大丈夫な場所も教えます。倒壊後のことはこっちに任せてください。早くあの魔法陣を止めてください！」

そう言うとお姉さんが黒い剣で、塔の床を何度か斬る。

「この線の下なら人間はいないっす」

おおおぉぉぉ！

「ありがとうございます！」

今はお姉さんを信じるしかない。

「天輝さん、魔刃を起動！　全力で！」

魔法陣の発光がどんどん強くなっていく。

私はスキルの発動を確認すると、塔を盛大に短冊切りにした。

私の剣での攻撃が、何本も最上階から地上に走って、塔と魔法陣を切り裂いていく。

塔の地面に描かれた魔法陣は、ズタズタに切り裂かれ、白い光を放って宙に霧散した。

やった、成功だ。

それと同時に私の攻撃でぼろぼろになった塔が倒壊していく。

私の体も地面に向かって自由落下する。

地面に着地して、空を見上げると、塔の倒壊が止まっていた。

崩れかけた塔が、接着剤でその場に固定されたように、ピタッと動きを止めている。

リンクスくんたちの使う浮遊魔法とも違う、異様な静止の仕方だ。

横を見ると、お姉さんが苦しそうな顔で、何かの魔法を発動させている。

『空間を固定して、塔の崩壊を防いでいる。どうやら空間全般を操る魔法使いのようだな』

そうなのか。すごい魔法だ。

塔の瓦礫と人間がゆっくりと地面に運ばれていく。安全な場所に並べて降ろされた参加者たちは、みんな無事なようだった。

瓦礫となってしまった壁の向こうに、パイシェン先輩たちの姿が見えた。どうやら兵士たちに避難させられたらしい。あちらも何が起きたかはわからないようだった。

私は助けられた人の中から、ソフィアちゃん、リンクスくん、スリゼルくん、クリュートくんの姿を見つけた。ミントくんは降参したから、パイシェン先輩のところにいるだろう。

ほっとする。みんな無事で良かった。

「ありがとうございます！」

お姉さんにお礼を言う。

「ねぇ、君、うちで働いてみる気ないっすか？」

なぜか、仕事の勧誘をされてしまった。王家直属の組織って公務員みたいなものなのかな。

給料は安定してる？　パートタイムとかあるのかな？

でも、まだ小学生だし、知らない勧誘についてっちゃだめと教えられてたから、お断りすることにする。

「いえ、学生の身ですので」

「そっすか、それじゃあ私は犯人を追いますね。迷惑をかけて悪かったっすね」

「いえいえ、こちらこそすみません」

もうすぐ兵士の人たちとか来るだろうし、私も退却しようっと。

とりあえず、ソフィアちゃんたちの無事をもう一度確認したあと、人に見つからないようにささささと逃げ出した。

＊　＊　＊

それから一時間後——

ディナは塔で放たれた巨大な魔法の痕跡を追い、魔族を発見した。

「追ってきたか！　身の程知らずのニンゲンめ！」

すぐさま戦う。

『黒剣（こっけん）』

決着は一瞬でついた。

息絶えた魔族の死体を、ディナは冷たく見下ろす。

（さすがに弱すぎる。あの規模の魔法を使えるとは思えない。まさかこれも囮（おとり）？）

ディナの勘は当たっていた。

一週間後、ヴェムフラムという魔族から、王国に宣戦布告が届くことになる。

第五章　古都炎上

お前たち人間によって私の大切な配下が殺された。よって復讐する。二週間後、ルヴェンドの町を襲う。

——獄炎の魔王　ヴェムフラム

それがヴェムフラムから、王国宛に届いた宣戦布告だった。

魔族から宣戦布告されるなんて、王国の長い歴史においても前代未聞。

魔族がどうやってこんな書簡を送りつけてきたのか。わざわざ人間の文字まで使って。

いったいその狙いはなんなのか。偉い人たちの間で、議論が紛糾したらしい。

予告の内容が発表されると、ルヴェンドの市民は騒然となった。

自分たちの町に魔族が攻めてくるというのだ。恐怖しないわけがない。

まるで冗談みたいなその書簡だったが、北西の国境を越えた山岳地帯で、強力な火の魔法を操る魔族たちが何やら動きを見せている——そんな情報がシルフィール家と風の一族の調査で確認されていたことから、予告は本物であるとされ。

国や貴族は、わざわざ襲撃を予告するという妙に人間じみたその行動に頭を悩まされながらも、対策に追われることになる。

我がシルフィール家についても、事情は同じだった。

お父さまはルヴェンドの別邸に来るはずだったけど、王都の護衛をするということで予定はなくなった。代わりに、この別邸には執事長が来ている。

そしてなぜか、私たちの家には名のある貴族たちが集まっていた。

どうもヴェムフラム対策会議の場所として、このシルフィール家の別邸が選ばれたらしい。見慣れない貴族の人たちが家をうろついてるから、なんとも落ち着かない。

当主であるお父さまは不在なので、客間にはソフィアちゃんたちがこの家のホストとして立っていた。付き添いで私もぼけーっと立っている。

とはいえ事態が事態だけに、さすがに子供の私たちに話しかける人はいない。

「やっほー、エトワちゃんにシルウェストレの君たち」

と思ってたらシーシェさまがいた。四公爵家の一つ、水の公爵家のお嬢さまで、相変わらずの超絶美人だ。

「シーシェさまもいらしてたんですね」

「ようこそおいでくださいました。シーシェ公爵子さま」

ホスト役のソフィアちゃんたちは、ちょっと堅苦しい感じの挨拶をする。

「僕もお邪魔させてもらってるよ」

わあ、アルセルさまもいた。顔見知りの人がいると安心するよね。

がやがやとまとまりなく話す貴族たち。まとめ役はいないのだろうかと思ってたら、家の前に一際豪華な馬車が停まった。そして玄関を開けて、見たことのない男の人が入ってくる。

「よく集まってくれた！　皆の者！」

第一声は、ちょっと響きすぎな大声。

「お久しぶりです。ゼル王太子殿下」

ソフィアちゃんたちがその人に頭を下げる。

なぬっ、王子さまだったのか！

王太子ということはアルセルさまのお兄さまだよね。

アルセルさまとは違うがっしりとした体形に、気の強そうな表情。顔も角ばってゴツゴツしている。でも、さらさらした金色の髪はアルセルさまと同じだ。

「父上が体調を崩しているので、此度の指揮は私がとる！　いいな！」

ゼル殿下が大きな声でそう宣言すると、この場の貴族全員が頭を下げる。

さすが王太子殿下という感じだ。

「魔族どもは、わざわざルヴェンドを攻めると予告している。よってこのルヴェンドに集められるだけの戦力を集結させて迎え撃つ」

ゼル殿下は貴族たちの中にいた、ちょっと幸薄そうな青年に声をかけた。

「グノーム公爵、この戦い、お前の活躍を期待しているぞ。見事に先祖の汚名をそそいでみせよ」

「はい、必ずや」

この人がグノーム公爵家の当主なのかぁ。想像とはぜんぜん違った。

まだ若く、ちょっと痩せ気味で、苦労してそうな感じがする。でも、優しそうな人だった。

殿下はシーシェさまにも声をかけた。

「シーシェか、相変わらず美しい。お前も戦いに参加してくれるのだな」

「はい。母も会議には出席していませんが、戦いには参加するつもりです。私たちもこの町に住まう者の一人ですから。この町を守りたいと思っております」

シーシェさまは殿下の褒め言葉をさらっと流し、戦いに参加する意思を表明する。

「うむ。お前たち一族の華麗な戦いぶりが見られること、私も期待しているぞ」

そこからゼル殿下は会場を見渡して、不満の感情を露わにした。

「サルマンド公爵はどうした。この場に来てはおらぬのか」

「どうにも当主も次期当主も、三ヶ月前からまた消息を絶っておいでのようです」

「またか！　あの一族は、いつも肝心なときに……！」

パイシェン先輩のおかげで私も貴族の事情に少し詳しくなったけど、火の公爵家の人たちは放浪癖があり、定期的に消息を絶つことで有名らしい。今回もその時期なのだろう。

「ふん、まあいい。グノーム家とウンディーネ家という貴族最高峰の家系。そして私が連れてきた十三騎士のうち九名。これだけの戦力があれば、魔族がいかに攻めてきても恐るるに足りん」

満足げに話す殿下に、一人の貴族がたずねる。

「殿下、他の都市の守りはどうされますか？」

「王都にはすでにクロスウェル公爵がいる。十三騎士最強のベリオルと、もう一名も置いている。クロスウェル公爵とベリオルの二人がいれば、どんな相手にも負けん。いささか過剰な戦力だが、父上が病に臥せておられるのだ。仕方あるまい。工業都市イシールには十三騎士のうちロッスラントが、貿易の要であるクイントにはヴァルシールがいる。主要都市の守りは完璧だぞ」

そう言う殿下に、貴族は焦った顔をする。

「い、いえ、それら以外の都市の守りはどうされるのかなと……」

その質問に、ゼル殿下は相手をぎろりと睨みつけた。

「私の作戦に何か不満があるのか？」

「いえ……そんなことはありません……。ただ十三騎士のうち一名でもいれば、魔族に攻められたとき時間を稼ぐことができます。このルヴェンドだけで公爵二人に十三騎士九名はさすがに多すぎると思います。いくらかを他の都市に分配していただけたらと……」

「魔族はルヴェンドに来ると言っておるのだぞ。なぜ他の都市の心配をする」

「陽動という可能性もあります。彼らは知能が高いですから……」

ゼル殿下はそれを鼻で笑う。

「確かに小猿程度の知能はあるようだが、所詮は獣や魔物と同じ類よ。そこまでの知恵はないわ。ここは圧倒的な戦力で力を見せつけ、人間の恐ろしさというものを教えてやるのが重要よ」

ゼル殿下は自分の作戦に自信ありげに高笑いをした。貴族の人もそれ以上は口を挟まなかった。表情を見ると納得してはなさそうだったけど……

別の人からまた質問が飛ぶ。

「市民の避難はどうされますか？」

確かにこのままルヴェンドが戦場になったら市民が巻き込まれてしまう。

市民を避難させることも、とても大切なことだと思う。

「これだけの戦力があるのだぞ。心配せずとも被害など出さん」

「失礼ですが殿下、ルヴェンドの町は広く、防衛ラインを築くのに不向きです。公爵のうち御二方と、十三騎士が九名いるとはいえ、どこからか内部に侵入され、乱戦になるものと思われます。市民たちは別の町に避難させるのがよろしいかと思います」

「ふん、それならここから一番近い古都クララクにでも避難させておけ」

「避難誘導はどうされますか？」

「なに!?　我らが身を削って魔族と戦う最中、市民どもは安全な場所に隠れさせてやるというのに、その安全な場所に誘導する人員まで割けというのか？　自分たちの足で勝手に避難させろ！」

それは無茶だ。この町は国でも有数の人口となっている。全員が勝手に避難なんて始めたら大混乱が起きる。

なんかゼル殿下は、私たち市民のことをあんまり心配してくれてる気がしない……

私は優しいアルセルさまのほうが好きかもしれない。

「さすがにこの都市に暮らす全員を誘導なしに避難させるのは無理でございます。道中で魔物にでも襲われれば被害が出てしまいます」

「知るか、そんなもの！　嫌ならこのルヴェンドに留まっておればいいのだ！」

どうやら市民の避難に手は貸してもらえないらしい。

それじゃあ、リリーシィちゃんたちが危ない目に遭うってことだよね。それは嫌だな……。

うちの家に力を貸してもらえないだろうか。

お父さまは王都にいるみたいだけど、なんとか連絡を取ってお願いすれば……。

そう思っていたら、シーシェさまが前に出て、ゼル殿下に頼んでくれる。

「私からもお願いします、殿下。ここに暮らす者たちは平民とはいえ、私たちと生活を共にする大切な市民たちです。通りがかりに寄る店にも、よく休日を過ごす劇場にも思い出があります」

シーシェさまがそう言うと、途端にゼル殿下は態度を軟化させた。

「シーシェ、お前の頼みなら仕方あるまい。誘導の人員を用意しろ。ただし、魔法が使える人材は外せ。道中で出る魔物程度なら、普通の兵士にも対応できるはずだ」

「指揮は誰にとらせましょう」

その質問が出ると、最初に市民の避難を進言した貴族が前に出て発言した。

「アルセルさまにお任せするのはどうでしょうか。王族の方が指揮をとられていれば、市民たちも安心します。避難もスムーズにいくでしょうし、自力で戦えない殿下の身の安全も確保できます」

その発言に、ゼル殿下はアルセルさまのほうを見て笑って。

「そうだな。アルセル、臆病者のお前にはふさわしい仕事だ。お前も市民と一緒にクララクに避難しろ。お前にとっては魔族との戦いなんて怖くてたまらんだろう。逃げるのにちょうど良い口実ができて良かったな、ははは」

明らかにアルセルさまを侮る発言に、何人かが顔をしかめた。

でもアルセルさまは怒ったりはしなかった。できるだけ場を乱さないように、穏やかに頷く。

「わかりました。市民の避難はお任せください、兄上」

アルセルさまは今からもう市民の避難の準備をするためか、その場を辞した。

私は安心する。どうやらポムチョム小学校のみんなも安全な場所へ避難させてもらえるみたいだ。

心の中で、アルセルさまとシーシェさまに感謝した。

そんなタイミングで、本邸から来ていたシルフィール家の執事長が私たちに言った。

「シルウェストレの君たちとエトワさまもルヴェンドから避難させるようにとクロスウェルさまから仰せつかっています。馬車を用意したのでご準備ください」

ああ、私たちも避難するのか。そりゃそうだよね。

ソフィアちゃんたちも危険な目に遭わなくて済むし、避難させてもらえるととてもありがたい。

そう思ってたら、ゼル殿下の目が私たちに向いた。

「そうか、ここはシルフィール家の屋敷でシルウェストレの子供たちもいるんだったな。どれ、お前たちも今回の戦いに参加してみろ」

えええええ、ちょっと待ってよ！

ソフィアちゃんたちは確かに強いけど、まだ小学一年生だよ？　戦うなんてまだ早いよ！

私と同じ意見が、他の人たちからも飛ぶ。

「お待ちください、殿下。彼らはまだ子供です」

「そうです。戦うには幼すぎます」

でも周りが止めても、ゼル殿下の考えは変わらない。

「シルウェストレの血を継ぐ者なら、この歳でもそのへんの魔法使いを遥かに超える力があるはずだ。十分な戦力ではないか。この戦い、戦える者は一人でも多いほうが良い。なに、危険な場所には置かん。将来有望な子供に戦というものを経験させてやるだけだ」

傲慢な笑みを浮かべて、ソフィアちゃんたちの参加を決定したことのように話す。

ソフィアちゃんが戸惑った表情で、おずおずとゼル殿下に進言した。

「あの……殿下。私たちには護衛役としての使命がありまして……」

リンクスくんも精一杯の抗議をする。

「そうです！　俺たちはクララクに避難するエトワさまをお守りしなければならないんです！」

しかし、ゼル殿下はちらっと私を見て苦笑しただけだった。

「お前たちの事情は聞いている。この子供は、お前たちに試験を与えるための置物に過ぎぬのであろう。失格の子なんぞ、誰も襲わん。なぜ守る必要がある？　それより我がもとで、この国のために働け！」

それを聞いて、ソフィアちゃんとリンクスくんが少しムッとした顔になる。

「で、ですが……」

食い下がる二人を執事長が止めた。

「ソフィアさま、リンクスさま、失礼ながらシルフィール公爵家に長く仕える家令として申し上げます。代々、シルフィール家とシルウェストレ五侯家は『王家の盾』と呼ばれる家系。護衛の役目より、王家の命に従うほうを優先すべきであります。この場合、ルヴェンドにお残りになるのが筋かと思います。クロスウェルさまがこの場におられましても、きっとそうおっしゃるでしょう」

そう言われてしまうとソフィアちゃんたちは逆らえない。

「わかりました……」

みんなこの場に残ることになってしまった。

し、心配だぁ〜〜〜。

「ソフィアちゃんたちが残るなら、私もこっちに残るよ！」

「それは危険だ！」

リンクスくんが私を止める。

でも、私が残るかどうかは殿下にとってもどうでもいいこと。リンクスくんの反対を押し切れば残れるはずだ。みんなが心配だから、私としてはこの場に残りたい。

そう思っていたのだけど——

「エトワさまはすぐに避難するようにというのが、クロスウェルさまからのご命令です」

まさかの執事長にも反対されてしまう。なんで!?

「いや、で、でも……」

「クロスウェルさまは今回のために馬車を十台以上用意してくださいました。平民のご友人など一緒に避難させたい方がいれば、乗せてもいいそうです。もちろん、風の人間が護衛につくので、安全な旅が約束されます」

その言葉にぐらついてしまう。

公爵家の馬車なら、ポムチョム小学校の子たちを安全に別の町まで移動させることができる。今回の戦いで一番危険なのは、魔族と戦う力をもたない平民の子供たち。

ソフィアちゃんたちは私にとってかけがえのない存在だけど、同時にその強さも知っていた。

「エトワさま、私たちのことは心配しないでください」

「そうだ。エトワさまは安全な場所にいてくれればいい」

ソフィアちゃんとリンクスくんが私を見てそう言った。

「エトワちゃんは避難したほうがいいわ。この子たちのことは私が守るから安心して」

シーシェさままでそう言ってくれる……

「ううっ、ごめんね……ありがとう」

最終的に、私はクラクに行くほうを選んだ。

これで良かったんだろうか……

わからない……

でも、リリーシィちゃんたちの安全はこれで確保されるはずだった。

＊　＊　＊

馬車に揺られて二日ほど。私は古都クラクにやってきた。

古都と聞いて寂れたところを想像していたけど、静かでいい町だ。

赤い煉瓦や薄黄色の石材でできた建物は、年月と共に色褪せ、落ち着いた色になっていて、この町が過ごしてきた歴史を感じさせる。

六百年ほど前まではここが王都だったらしい。

その町並みを眺めていると、荷物を仮の住まいに運びに行ってたリリーシィちゃんが戻ってきた。

「エトワちゃーん！」

「リリーシィちゃん、みんな平気だった？」

護衛をつけてもらっての安全な旅だったけど、ちょっと強行軍だったのは否めない。

聞いてみたら、リリーシィちゃんは笑顔で答えてくれた。

「うん、ありがとう。こんなに早く避難できたのは、エトワちゃんのおかげだってお父さんもお母さんも言ってたよ」

「いやいや、クロスウェルさまのおかげだから」

ポムチョム小学校の子たちやその家族は、シルフィール家が用意した馬車に乗って、いち早くこのクララクに避難してきていた。

避難している間の、仮の住居も用意してもらっている。シルフィール家がクララクに所有する建物や、借り上げた宿屋に家族単位で振り分けてもらった。

ルーヴ・ロゼに通う貴族の子たちはクララクにこだわらず、自分たちの別荘などに避難してるらしい。でもそれも小等部生や中等部生の話で、高等部生にはルヴェンドに残り、戦いに参加する者も多いとか。

そしてアルセルさまの避難隊は、まだクララクには到着してない。

避難隊が到着すれば、さすがに宿も足りなくなってしまう。だから劇場や美術館などを開放して、一時的な避難所にするつもりらしい。

戦いが終わるまでは、クララクの市民もルヴェンドの市民も不便な思いをすることになる。それも二週間ちょっとの辛抱だけど。

その戦いには、ソフィアちゃんたちも参加するんだよね……

激しい戦闘が予想される町の外周部ではなく、シーシェさまのそばで町の中に侵入してきた魔族と戦うことになったらしいけど、やっぱり心配だ。

暗い表情になった私を見て、リリーシィちゃんは元気づけるように話しかけてくれる。

「エトワちゃん！　時間があるなら町を探検してみよ。私、別の町に来たの初めて！」

「うん、そうだね。ちょっと散歩しようか～」

落ち込んでても仕方ないよね。

いざとなったら、ここからでも助けに行けばいい。

魔族と魔法使いたちの大規模な戦闘。さすがにその中に入っていけば、正体を隠すことは難しくなるだろう。けど、ソフィアちゃんたちが大怪我したりするよりはよっぽどいい。

正体がばれたあと……。魔法ではない異形の力を周囲はどう見るだろうか。

今まで通り、この国でソフィアちゃんたちと一緒に暮らしていけるだろうか……

「エトワちゃん！　あっちに面白い像があるよ～！」

「わぁ~何の動物だろうね。モンスターかな?」

護衛役の子たちとこんなに離れたのなんて初めてだ。

胸を擦(こす)ってくる寂しい気持ちを、リリーシィちゃんの無邪気な笑顔が少し癒(いや)してくれた。

＊＊＊

それから三日後、アルセルさまの指揮する避難隊の第一隊がクララクにやってきた。

町一つの人口を移動させるのだから、大変な作業だったと思う。兵士たちが確保した空き家や、他の居住できる建物に市民を誘導していく。

ちょっと高い建物に登ると、指揮をとっているアルセルさまの姿が見えた。

「ルヴェンドの市民の皆さん! 兵士の誘導に従ってください! 皆さんが避難中に生活する場所はしっかり確保されてます! 不安かもしれませんが、僕たちを信じてください!」

一生懸命、市民を安心させようと声をかけている。

さらさらの金髪と、ぷにぷにした頬に汗が光っていた。

そして第一隊が町に収まり、第二隊、第三隊とどんどんやってきて、一日がかりで避難者を町に収容していく。全員が入りきるころには日が暮れていた。また明日も同じようにたくさんの人が来るらしい。

町は兵士が見回りをして、ちょっとピリピリした空気になっている。でも、こういうとき怖いのがパニックで暴動が起きることらしいから、仕方ないのかもしれない。

私は食事を取ろうと、宿の二階の部屋から一階の食堂に下りてきていた。

お父さまが私に用意してくれたのは、シルフィール家が持つクラクの別邸だったんだけど、ああいうところは家族連れの子たちが使ったほうがいいと思ったから、宿に替えてもらった。

それでも気を利かせてくれたのか、結構いい宿だった。

階段の途中で、喧騒（けんそう）が聞こえてきた。

誰かがウェイターを怒鳴りつけている。

「こんな質素な食事しかないのか！　この宿のサービスはどうなっている⁉」

「殿下から全員に食料が行き渡るようにと、ご命令を受けているので……申し訳ありません……」

それはでっぷりと太った貴族の男だった。ひと目で貴族だとわかったのは、じゃらじゃらとした宝飾品で飾られた、いかにもな格好をしていたからだ。

この町で貴族を見かけるのは珍しい。だって、ほとんど戦いに参加するはずなのだから。

「これでは高貴な生まれの私には、とてもじゃないが足りん！　質も量も足りん！」

「そうおっしゃられましても……」

貴族の要求に、ウェイターさんはとても困った顔をしている。

そうこうしてるうちに、奥にいた料理長らしき人が、騒ぎ続ける貴族のほうをちらっと見て、店の外へと走っていった。しばらく経って、二つの足音がこちらに戻ってくる。

宿の扉を開けて姿を現したのは、なんとアルセルさまだった。一生懸命走ってきたのか汗だくになっていて、貴族の男を見ると困った顔で叫んだ。

「またあなたですか、コゼルット子爵！　避難する以上は、現地の市民や他の避難民の方に迷惑をかけないでくださいと言いましたよね！」

「で、殿下……!?　ですが、貴族として受けるべき最低限の待遇というものが……」

「貴族と言うなら、ルヴェンドで戦いの義務を果たしてきたらどうですか？」

さすがのアルセルさまも、ちょっと怒った表情だった。

さもありなん……

貴族たちは、ルヴェンドに来られない者を除いて、ほとんどの者が今回の戦いに参加していた。

普段は偉そうに振る舞い、市民たちからいろいろ言われる貴族だが、その分、こういうときには戦う義務を負っている。支配階級にある代わりに、下々の者を魔物や魔族の脅威から守ってくれる。

なのに、この人はわざわざルヴェンドから逃げてきてしまったのだ……

まあ、みんながみんな戦いが得意というわけではないから仕方ないとは思うけど、それならもう少しつつましくしてほしいと思う。

「いやぁ、私は戦事には向かない貴族でして……。その代わり政務などでこの国に貢献を……」

「それなら、この町ではなるべく大人しく過ごして貢献してください！」

王子殿下直々に怒られて、コゼルット子爵もさすがに静かになる。

ウェイターさんも料理長さんも、ほっとした表情になった。

わざわざこんな場所まで駆けつけてくれるなんて、アルセルさまっていい人だなぁ。

そう思っていたら、アルセルさまが棒立ちしていた私を見つけて、表情を緩めた。

「エトワちゃん、君もここに避難してたんだね」

「はい、シルフィール家の人が馬車を出してくれて」

「そっか、良かったよ。今は忙しくて時間がないけど、今度、一緒に食事でもしようか。もし何か困ったことがあったら、クララクの大図書館にいるから、遠慮なく言いに来てね」

そう言うとアルセルさまは、また駆け足で次の場所に行こうとした。

「ありがとうございます。お仕事がんばってくださいー！」

「うん、ありがとう！」

完璧に乙女の理想の王子さまだよね。ぽっちゃり要素を除けば。

私は心の中で、全力でアルセルさまを応援しておいた。

＊＊＊

古都クララクに避難してきて一週間が過ぎた。

避難生活には学校も、試験もなんにもないので、今日もふらふら散歩をしている。

川沿いの石畳の道を歩くと、朝の風が気持ちいい。

ルヴェンドから避難してきた人たちの収容も無事終わり、古都は静寂を取り戻していた。古く成熟した町の性質ゆえか、ルヴェンドの市民が来て人口が過密気味になっても、取り立てて大きな騒ぎは起きていなかった。

リリーシィちゃんたちも仮の住居に落ち着き、お母さんやお父さんのお手伝いで掃除や洗濯をしながら、ゆっくり過ごしている。

私はといえば、昨日はアルセルさまと夕食を共にした。

何か困ってることはないか聞かれたけど、特に現状の生活に不満はない。

アルセルさまのほうは、避難した人々の収容が済んだので、もしものときのための避難経路の確保や、市民の誘導の訓練をするらしい。でもあくまで念のためだから、怖がる必要はないと言っていた。

食事には、なぜかコゼルット子爵も同席していた。食事中ずっと、この町での生活や食事内容に不満を述べていたけど、優しいアルセルさまでもさすがにスルーしてた。

そんな風に平穏なクラクの生活だけど、やっぱり寂しい……

リンクスくんも、ソフィアちゃんも、ミントくんも、クリュートくんも、スリゼルくんもいない。

彼らの姿や声が懐かしかった。

あぁ、会いたい。声が聞きたい。触りたい。

午後からはリリーシィちゃんたちと遊ぶ約束だけど、それまでは胸にぽっかり穴が空いた気持ちで時間を潰さなきゃいけない。

＊＊＊

午後になると、リリーシィちゃんや学校の子たちと合流する。

シルフィール家が用意した空き家の庭で、リリーシィちゃんの家の洗濯物が、町を吹き抜けるお昼の風に揺れていた。

「エトワさま、ありがとうございます。おかげで避難生活も不自由なく過ごせています」

「いえいえ、私ではなくシルフィール家がやってくれたことですから」

リリーシィちゃんのお父さんとお母さんにお礼を言われてしまい、私は恐縮だった。

「エトワちゃーん！　遊びに行こうよー！」

「うんー！　それでは！」

私はお父さんとお母さんにぺこりと頭を下げると、リリーシィちゃんのほうに走り出す。

「はい、お気をつけて！　リリーシィ、あなたもあんまりお転婆するんじゃないわよー！」

「わかってるー！」

人通りがない道幅の広い通りにやってくると、そこはもう子供たちの遊び場だった。

長縄跳びみたいな遊びをやってる子たち、ペルシェールに興じている子、おままごとをしている子、いろんな子がいる。

「今日は何する？」

リリーシィちゃんがわくわくした顔でそう言うと、ポムチョム小学校の女の子がボールを取り出してにやりと笑った。

「球蹴りしよ！」

球蹴りは文字通りサッカーみたいなものだ。

ゴールはお互いに決めた道のはしっこのライン。キーパーなんかはいない。オフサイドもない。

ひたすら蹴って相手のゴールを目指すだけだ。

でも、子供同士でやると意外と面白い。

「俺たちもまぜてくれよー！」

別の遊びをしていたポムチョム小学校の男の子たちが走ってきた。知らない子も何人かまじっている。子供はすぐに仲良くなるからね。

「いいよー！」

リリーシィちゃんが屈託のない笑顔でそれを受け入れる。

そして始まった球蹴り。

「マラドーナぁぁあああ！」

「なにっ⁉　まるで全員の動きが見えてるみたいなフェイントだ！」

「ペレッ！」

「こいつさっきから何叫んでるのかわかんねぇけどうまいぞ‼」

「ベッケンバウアァーァアアアアア！」

「あいつ後ろに目がついてるのかよ⁉」

その試合、私はハットトリックを決めた。

「エトワちゃんすごーい！」

『大人げないぞエトワ』

最強のMF（ミッドフィルダー）になれるスキル、心眼〈マンティア〉をフルに使った私に勝てる小学一年生はいなーい！

＊　＊　＊

そんなことをやりつつクララクで過ごし、もうすぐ二週間になる。

失格

私は夜の窓辺でルヴェンドのある方角を見つめていた。

あっちでは明日にも魔族との戦いが始まる。

ヴェムフラムというのは、ハナコが言っていた魔族の名前だ。

その強さはかなりのものらしい。国が得ている情報では、従う魔族たちも相当の数に上る（のぼ）と聞いた。魔族の勢力の中でも、最も要注意とされる集団の一つだったみたいだ。

ソフィアちゃんたちも、その魔族たちとの戦いに参加するのである。

直接ヴェムフラムの相手をするのは、公爵や十三騎士だろうけど、やっぱり同じ場所で戦うのだから、ソフィアちゃんたちに危険がないわけではない。

思い返してみると、護衛役という仕事自体、危険なものだった。実際、あの遺跡では命を落とすところだったのだ。小等部の一年生の子供が負うには、重すぎる責務だと思う。

でも、ソフィアちゃんたちにとっては、それは当たり前のことらしい。

私が本当の跡継ぎとして生まれていても、ソフィアちゃんたちは護衛役として命をかけて私を守るという使命を負わされていた。むしろ守る価値のない仮の当主で、マシだったかもしれない。

貴族に生まれた子供たちの人生は、恵まれているようで過酷だ……

やっぱり心配だ。そう思った私は、天輝さんに話しかけた。

「天輝さん」

『どうした？』

「天輝さんって最初に来てくれたとき、鳥みたいになってたよね。またあれできないかな？」

『できるが、いったい何のために？』

天輝さんの声はいつもより硬い気がした。

「あの姿でルヴェンドの様子を見てきてくれないかな。確かテレパシーみたいなのも使えたよね。どれくらいの距離までいけるかわからないけど、できたら様子を見て私に伝えてほしいんだけど」

すぐ助けられる場所にいるっていうのは、過保護すぎるかもしれない。最近、そのことで反省もしたばかりだ。

でも戦況を見て危なそうなら助けに行く、ぐらいなら許されるよね。

完全に目を離してしまうと、私のほうが耐えられない。

『お前との繋がりが復活した今なら、そのくらいの距離であれば声が届く。私の飛行形態でなら片道二時間だが……──お前、本気でそれを言っているのか？』

えっ、本気も何も、普通にお願いしたいんですけども。

『私が離れている間、お前は完全に無防備になるんだぞ』

それはわかってるけど、ソフィアちゃんたちのほうが心配だよね！

ここは押しの一択！

「とにかくお願いします、天輝さん！　ソフィアちゃんたちが心配でたまらないんです！　危なくなるような戦況じゃないか確認するだけでいいんです！」

『…………』

天輝さんは少し沈黙したあと、いつもよりちょっとドスの利いた声で言った。

『わかった。お前の願いを聞き届ける。それが神から与えられた私の役目だからな』

「ありがとうー！」

これで明日はソフィアちゃんたちの様子がわかる！

＊　＊　＊

ヴェムフラムからの宣戦布告が届いて、今日で二週間。

グノーム公爵家当主のラハールは、ウンディーネ公爵家当主のヤーチェに声をかけた。

ヤーチェも娘のシーシェと同じく絶世の美女だ。

「ヤーチェ殿、魔族はこの二週間、ルヴェンドに危害を加えてきませんでした。わざわざ予告をしそれを守るなど、まるで人間同士の戦争のようです。いったい狙いはなんなんでしょうか……」

「そうねぇ、人間のふりをした魔族が町を乗っ取っていた、なんて例は聞くけど、あくまで人間を獲物にするタイプの魔族が効率よく餌を確保してただけだし、今回のような事例は初めてね。気になるの？」

二人がいるのは町が見渡せる高台だが、ヤーチェはそこにソファを持ち込んで優雅に寝転がっている。

「はい……。殿下は気にしておられませんでしたが、物事には必ず理由があるはずです……」

「そうね、ラハール。でも、すげないことを言ってしまうけど、気にしても今は答えは出ないわ」

「そうでしょうか……」

「ええ、はっきり言ってしまえば、私たちは後手に回ってるんですもの。わかってるのは相手のおおよその数と親玉の名前ぐらい。不足しきった情報から答えを探しても、正しい解答にはたどり着けないわ」

「そうですね……、ヤーチェ殿のおっしゃる通りです……」

年長者の言葉に、まだ若いラハールは、無力感を滲ませる苦い笑みを浮かべた。

薄幸そうに笑う青年に、ヤーチェは仕方ないと苦笑しつつも、優しく言葉をかける。

「戦ってこそ出る答えもあるわ。だからあなたは今後のために英気を養いなさい。それがあなたにとって望ましい答えかはわからないけど、何事も向き合うなら体力が必要よ」

「ご心配をおかけしてすみません」

痩せ気味の青年に、ヤーチェは気だるそうに、しかし思いやりを込めて言う。

「私はあなたのことは、それなりに気に入ってるわ、ラハール。あなたはグノームにしては、信じられないくらいマシな人間よ。私はあなたにはなるべく長くあの家の当主を務めてほしいと思ってるの。体調には気をつけてちょうだいね」

「ありがとうございます、すみません」

ヤーチェのグノーム家に対する歯に衣着せぬ言葉に、ラハールは苦笑する。

若くしてグノームの爵位を継いだラハールには気苦労が多かった。反逆者を出したことへの悪評がついて回っているだけではない。公爵家というのは、対外的には当主を頂点とするが、内部では前当主や前々当主、他の親族なども一定の権限を持つ。

ラハールが当主としてすべての権限を委譲されていないのは、外にいるヤーチェから見ても明らかだった。それでもラハールはグノーム家のため、名誉回復に奔走していた。

「ラハール、あなた趣味はないの？」

「趣味ですか？」

「そうよ。音楽を聴く、劇を観る、美味しいものを食べる、王族との約束をすっぽかして昼寝する。人生には常に楽しみが必要よ。それでこそ美しく生きることができる。そんな趣味はないの？」

「趣味……というわけではありませんが」

不器用そうに、でも温かい感情を目に宿して、ラハールは微笑んだ。

「あら、恋人でもいるの？」

この表情。土の公爵家の若くて多忙な当主に恋人がいるという噂は誰も聞いたことがなかった。

ヤーチェは少し興味をそそられる。

「いいえ、弟がいるんです」

その言葉にヤーチェはがっかりした。なんだブラコンか……、と。

「でも、ルーヴ・ロゼにそんな子がいるなんて聞いたことがないわね」

そういえば十年ほど前に、グノーム家に次男が生まれたという話を聞いた記憶がある。

しかし、社交界でも見たことがないし、そんな話はすっかり忘れていた。もともと士の派閥の人間は、身内同士でしか交流しない傾向が強いから、特に不自然にも思わなかったが。

それでもルーヴ・ロゼに通っていれば、どんな地味な子でも公爵家の子息として噂になるはずだった。しかも年齢的には、ヤーチェの娘のシーシェやアルセル殿下と近いだろう。それなら知らないはずがない。

「ちょっと変わった性格でして、社交界にも参加せず、自主的にセイフォールに通っているんです。魔法の才能はそこまで優れていないのですが、とても聡明で思いやりのある自慢の弟です」

セイフォールはこの国にある魔法学校の一つで、ルーヴ・ロゼに次ぐ名門といわれる。だがルーヴ・ロゼが主に貴族たちの学校なのに対して、セイフォールは平民の中から国や魔法院で働けそうな人材を発掘し、育成するという意味合いが強い。たまにわけありな貴族や酔狂な貴族も、その門戸を叩いたりする。

そういえばニンフィーユ家のルイシェン坊やも問題を起こして、そこに転校させられたとヤーチェは聞いた。

「この戦いが終わったあとにも、会って食事をする約束をしているんです」

その微笑みは、苦労人として知られるラハールには珍しく、純粋に嬉しそうな表情だった。

まだ実権を握りたい前当主や親族たちに囲まれ、苦労する公爵家の若き当主。そんな彼が、唯一心を開ける存在がその弟なのかもしれない。

ヤーチェはソファから優雅に立ち上がり言った。

「そう、じゃあこの戦いを無事に終わらせないといけないわね」

「はい、グノーム家の汚名を返上するためにも、弟のためにも、私は戦わなければなりません」

ラハールは北西の空を睨みながらそう呟く。

そこにはついに姿を現した魔族の大群がいて、ルヴェンドの町に迫ろうとしていた。

＊　＊　＊

「来ました！　魔族です！」

見張りの兵士が北西の空を見上げて叫ぶ。

大量の魔族たちが、空に黒々とひしめいていた。

人間に近い姿の者、獣のような顔をした者、生き物とは到底思えぬ姿の者、いろんな者が入りまじっている。ただ一つ共通しているのは、とても高い魔力と知能をもつ、危険な存在であることだ。

その数は事前の調査で、五千を超えるといわれていた。

「あれだけの魔族が本当に攻めてくるとは……」

実際に、その数を目の当たりにして、貴族や兵士たちの顔に動揺の色がまじる。

「落ち着いてください。しっかりと魔法を準備し、やつらが町の近くに迫った段階で、一気に撃ち落としましょう。なるべく町に被害が出ないよう、町の外周部を主戦場にします」

ラハールはそうみんなに伝えると、地面に手をついた。

すると、広大なルヴェンドの町の外周に、高さ十メートルを超す岩壁がせり上がってくる。それは平地にある無防備な町だったルヴェンドを、一瞬にして城塞へと変えた。

「す、すごい……！」

「これがグノーム家当主のお力！」

その魔法の規模の凄まじさに、戦いの準備をしていた者たちは興奮する。

しかし、その壁を魔族たちはあざ笑った。

「バカめ。オレたちは空を飛んでるんだぞ！」

「オロカなヤツらだ、ははっ……なんだアレはっ⁉　ヨ、ヨケろぉ！」

壁をあざ笑っていた魔族たちは、突如迫ってきた巨大な何かに呑み込まれ、または叩き潰された。

「ナンだ、アレは‼」

それは巨大な水の蛇だった。胴の直径は二十メートルを超え、その全長は一キロにも及んでいる。

その蛇は空を飛び回りながら、魔族たちを軽々と呑み込み、叩き潰していった。先ほどの一撃だけで、百を超す魔族たちがやられた。

そんな水蛇を従えているのは、深い海色の髪をした絶世の美女だった。その美貌（びぼう）には、種族の違う魔族たちですら一瞬見惚（みと）れてしまう。

魔族の大群に囲まれながら、その美女――ヤーチェは妖艶（ようえん）に微笑んだ。

「ナンだこの魔法は！」

「ホ、ホントウにニンゲンが使う魔法なのか⁉」

水蛇は空にいる魔族を小魚のように蹴散らしていく。その強大な魔力に魔族たちは畏（い）怖（ふ）した。

「さ、散開シロ！　散開ダ！」

「ここから攻めるのはムリだ、ヨコに回り込め！　飛行がニガテな者はスグに降りろ！」

力のある者が指示を出し始める。

一塊になってルヴェンドに攻め込もうとしていた魔族たちが、いくつかの集団に分かれていく。

「クソォ、なんとか水蛇をヨケて、あのナカに侵入するぞ！」

地上に降りた魔族たちは、岩壁を乗り越えようと近づいた。

しかし、そこでは魔法使いたちが準備を終え、壁の上から魔法を構えていた。

「グあぁアア！」

「ギャアあああああ！」

地上の魔族たちは壁を乗り越えることができず、魔法の攻撃を受けて倒されていく。

二人の公爵の力により、戦いは人間の優位で始まった。

＊　＊　＊

ヤーチェの水蛇から逃げ出した魔族たちは、町の側面から回り込もうとしていた。

もともと軍隊としての訓練など受けていない烏合の衆。力がある者がなんとか集団をまとめていたが、その数は分散され、動きもばらばらだった。

ルヴェンドを囲む壁の上には、魔法使いたちが集まり、町を守っている。

その数は魔族たちをためらわせるぐらい多かったが、一箇所だけ、なぜか一人しか立っていない場所を魔族たちは見つけた。

壁の上に立つのは、鈍い赤銅色の髪をもつ、筋骨隆々の青年だ。

筋肉はバランスよく盛り上がり、若いのに歴戦の勇士のような風格がある。

しかし、魔法での戦いにおいて筋肉など役立たずに等しい。単純な筋力など遥かに凌駕する魔法の力をもつ魔族たちだったが、その明らかに怪しい場所には戸惑い、そこを攻めるかどうか迷った。

すると、逆に男のほうから声がかかる。

「そこの魔族たちー！　攻めてこないのか！　俺は十三騎士のガーウィン、この場所を守るのは俺一人だ。つまりチャンスゾーンだぞ」

魔族たちも十三騎士の話は事前に聞いていた。この戦いで最も注意すべき存在の一つだと。

迂回しようとした魔族に背中から声がかかる。

うのは」


「なんだ、攻めてこないのか。噂とは違い、ずいぶんと臆病な種族なんだな、魔族とい
安い挑発だった。しかし安いからこそ、人間を見下していた魔族たちには効いた。

「ニンゲンめが！　図にノルな！」

「コロせ！」

「オイ待て！　ヴェムフラムさまからの命令ガ！」

冷静さを失った一部の魔族たちがガーウィンに飛びかかる。

挑発に乗ったのは思慮の浅い、下等な者が多かったとはいえ、その数は五十を超えていた。普通の魔法使いなら、抵抗もできずズタボロに殺されてしまうだろう。

しかし、ガーウィンは落ち着いた笑みを浮かべると、嬉しそうに呟く。

「よし、来るのか。それでこそ魔族だ」

下等とはいっても、その力は人間の標準的な魔法使いを超えている。

空を素早く飛び、攻撃のための呪文を詠唱しながら、魔族たちはガーウィンに迫る。

完成した魔法の標的をガーウィンに定めた魔族たちは、彼の体が何かの呪文と共に光を纏い、輝き始めたのに気づいた。

「ナンだ!?」

「ふんっ――――――！」

大きな気合の声と共に、もともと恵まれた体格だったガーウィンの体が、一瞬にして五倍ほどの大きさに膨れ上がる。

彼が岩の壁に引っかけるように置かれていた、幅一メートルはある巨大な鎖を引っ張ると、常識外れの大きさの戦斧が壁の下から現れた。

大きさは小さい一軒家ぐらい。厚さだけでも二メートルはあるだろうか。

黒鉄でできたその戦斧は、ガーウィンが鎖を引く力で、宙に浮かび上がる。

その異様なスケールは、魔族たちをも恐怖させた。

「ハ、ハヤくコロせ！」

魔族たちが一斉に魔法を放つ。しかし――

ガーウィンとの間を横切った戦斧が、その大半を打ち落としてしまう。そして戦斧をすり抜けた魔法は――

「はあっ――――――!!」

ガーウィンが気合の声と共に、魔法をその体に受け、結界すら張らずに耐えてみせる。

呆然とする魔族たち。ガーウィンは鎖を引っ張り戦斧を加速させると、それを彼らに向かって放った。巨大な戦斧が魔族たちの集団をやすやすと切り裂く。

「バ、バケモノめ！」

魔族たちがその戦いぶりを見て慄く。一斉に逃げ出すが、戦斧の届く範囲から抜け出すまでに、ほとんど壊滅することになった。

ガーウィンはもう近寄ろうとしない魔族たちを見て、残念そうに呟く。

「なんだ、もう終わりか、つまらん仕事だ。しかし、ここの守りを任された以上、動くわけにもいかんしな。ああ、こんなときロッスラントがいれば、壁の守りを任せて他へ戦いに行けるのに……」

ガーウィンは魔族たちのほうにはもう目も向けず、あぐらを組んで愚痴を言っている。

そんな姿を悔しげに見つめた魔族たちは、ガーウィンのいる壁から離れていった。

「ナントカ内部に入り込んで火ヲつける。それがヴェムフラムさまからの命令ダ。余計なことは考えルナ。ナントカこの守りを突破スルぞ」

「ハ、ハイ……」

＊　＊　＊

各所で戦いが繰り広げられる中、壁の突破に成功した魔族たちもいた。

散り散りになった魔族たちの中で最も大きな集団で、指揮をとっているのはヴェムフラムから今回の作戦について直接指示を受けた魔族の男だった。

その魔族の男は町に潜入すると、さっそく作戦を開始する。

「全員、ばらばらに分かれて家屋に火をつけて回れ！　戦いは避けろ！　ひたすら火を放つのだ！」

敵に囲まれた状況で数を分けるのは愚かなことだが、作戦の狙いは人間の魔法使いたちを倒すことではなく、混乱を引き起こすこと。

火事を起こし人間たちを混乱させ、戦線をがたがたにする。そして――

（そこにヴェムフラムさまが来れば人間の軍などひとたまりもない！　早くお越しください、ヴェムフラムさま！　私はきちんとあなたさまのご命令を果たしてみせます！）

ヴェムフラムからの命令を成功させたも同然だと確信し、魔族の男はほくそ笑むのだった。

＊　＊　＊

ルヴェンドの町中で、魔族たちは三人程度の小規模な集団に分かれて行動を始めた。

「ヨシ、あの家がよく燃えそうダ！」

　さっそく燃えやすそうな建物を見つけ、一人の魔族が嬉々として火の魔法を放つ。

　しかし、それは横から飛んできた風の魔法で掻き消されてしまった。

　魔族たちが驚いていると、目にも留まらぬ速さで何者かが接近してきて、魔法を放った魔族を一撃で倒してしまう。

　一瞬だけ見えたその姿に、魔族たちは驚愕する。

（子供ダト……!?）

　幼児期をわずかに過ぎたばかりの赤髪の少年が、炎と風を組み合わせたような不思議な魔法で空を飛び、自分たちを遥かに上回る速度で攻撃をしかけてきたのだ。

「この町を燃やそうとするなんて、許せません！」

　その姿に目を奪われていたら、また同じ年頃の銀髪の少女が現れる。建物の屋根から飛び上がり、光の魔法で強化された拳をぶつけてきた。

「ぐはっ……！」

　子供とは思えない威力の攻撃に、受け止めた魔族は慌てて後ずさる。

（町にもこんな戦力がいたのカ！）

　壁の上にあれだけの戦力を配備しながら、町にもこんな魔法使いたちを残しているとは想定外だった。

しかも、その相手は年端もいかない子供である。

子供のくせに、やけに戦い慣れた動きでこちらが放つ魔法を受け止め、炎や光の魔法で反撃してこようとする。

ここから見える別の場所でも、闇や土の魔法が飛び交い、同胞である魔族たちが倒されているのが見えた。

「クソッ、一旦集まるゾ！　集合ダ！　このままじゃガキどもにヤられる！」

その力に脅威を覚えた魔族たちは、一旦分かれた近くの仲間を呼び寄せる。

「マトまってかかるゾ！　相手はガキだ！　こちらが集団でかかればおそるるにタリン！」

高速で飛翔する少年のほうはうまく捉えられないが、風と光の魔法を使う少女の位置はしっかりと捕捉できていた。魔族たちは、そちらに炎の魔法を集中させる。

集団で放たれた炎の魔法が、少女に向かって降り注ぐ。

しかし、それは突如現れた巨大な水の壁に防がれた。

「あらぁ、だめよ。子供には優しくしないと」

気づけば魔族たちも目を奪われるような美少女が、屋根の上に気だるげに立っていた。

その背後では巨大な水蛇がとぐろを巻いている。壁の前で戦っていたときに見たものと同じだ。あれよりサイズは小さいものの、その姿に魔族たちは戦慄（せんりつ）した。

その隙に先ほどの少女が、魔法を完成させていた。風の爆発が魔族たちを吹き飛ばす。

「くそっ！」

何人かがその魔法でやられ、残った魔族たちは反撃しようとする。

だが攻撃を始める前に、あの水蛇が鎌首（かまくび）をもたげ、魔族たちに襲いかかる。

「ぐぁあああああ！」

蛇が暴れて魔族たちを次々と呑み込んでいく。

「だから言ってるじゃない、子供には優しくしなさいって。特に女の子にはね。おしおきよ」

そう言うと海色の髪の美女は、また気だるげに微笑んだ。

＊　＊　＊

町に潜入した魔族たちがどんどん倒されていく。

そんな中、潜入を指揮した魔族の男もやられかけていた。

ヴェムフラムから直接命令を受けただけあって、男は自分の力に自信があった。主から何も言われず、ただ戦いに参加した十把一絡げの者たちとは違う。そんな自負と実力が男にはあったのだ。

だが、そんな男も、目の前の相手には歯が立たなかった。

地面から高速で突き出した石の壁が、魔族の男を吹き飛ばす。

男は反応すらできず、何十メートルも地面を転がる。

「ぐはぁっ……はぁはぁっ……」

全身から血を流し、荒い息を吐く魔族の男を、相手はゆっくりとした足取りで追いかけてくる。

不健康そうな青白い顔色、薄幸そうな痩せた頬、決して強そうには見えない年若い青年。しかし、その強さは今まで対峙した人間たちとは桁違いだった。

「この町に攻めてきた目的はなんだ。吐けば楽に死なせてやろう」

青年はいつでも殺せるとばかりに、土の魔法の照準を定めながら、魔族の男に話しかける。

魔族の男はそれに応えず、懐から何かを取り出そうとした。

その瞬間、大地から石の刃が飛び出し、男の腕を切り取る。からんっと音を立て、男が取り出そうとしたものが地面に転がる。

「通信用の水晶……?」

それは遺跡からたまに発掘される、遠話(えんわ)を可能とする水晶だった。

その水晶のもとへ、魔族の男は体を引きずっていくと、顔を近づけて叫ぶ。

「ヴェムフラムさま! 早く、早くお越しください! このままでは我々が全滅してしまいます! ルヴェンドには事前の情報通り、十三騎士や四公爵と思わしき者たちがいます!」

『ふむ……』

水晶から低い声が聞こえてきた。

通信用の水晶は、男がヴェムフラムから直接賜(たまわ)ったものだ。それをもらったとき、男はヴェムフラムから大きな信頼を得たと感動したのだ。

『つまり、囮(おとり)は成功したということだな』

「えっ……?」

その言葉の意味がわからず、魔族の男は呆然とする。

自分たちが先行隊として潜入して火を放ち、人間たちの軍に混乱を引き起こす。そこにヴェムフラムが出向き、邪魔な魔法使いたちを殺していく。そういう作戦だったはずだ。

無情な声が、水晶の向こうから魔族の男に送られる。

『お前たちはもう用済みだ。そこで死んでいいぞ』

その言葉と共に、男が信頼の証と信じていた水晶は砕け散った。

その日――
クララクの町の上空に、禍々しい無数の魔法陣が浮かび上がった。

＊　＊　＊

その少し前、アルセルはクララクの中央に位置する大図書館の一室から町を眺めていた。

「ふう、なんとかここまで乗り切れましたね」

都市一つの住人を別の町に移動させ、収容するのは、大変な作業だった。

クララクは成熟した町だが、トラブルのもとになることはいくらでもある。この二週間、アルセルは町中を走り回っていた。

「兵士長さん、今日はもう一度それぞれの地区の代表者に、避難経路についての指導を行いましょう。前回使ったものより、わかりやすい地図ができたので、きっと役に立つはずです」

「アルセルさま、そこまでする必要はあるのでしょうか。ルヴェンドからここまで戦火が及ぶとは思えませんが……。それより戦いが終われば、帰還のための作業が始まります。アルセルさまも働きづめでお疲れでしょう。休まれたほうがいいのではありませんか?」

「確かに徒労に終わるかもしれません。でも、今回の事態は前例のないことです。ヴェムフラムという魔族が何を考えているのかわかりませんし、不測の事態が起きたとき、僕たちは魔族に対抗する力をもっていません。だから、せめて自分たちにできることはやっておきたいんです」

アルセルの真剣な言葉に兵士長も感化され、真剣な表情で頷いた。

「わかりました。今から部下たちと一緒に、市民たちに避難経路図を配ってきます」

兵士長はそう言って部屋を去っていく。

それからしばらくして、下の階から騒がしい声が聞こえてきた。この二週間、何度も聞いてきたコゼルット子爵の声だ。

「殿下！　避難民どもはどんどん調子に乗っています！　自分の立場というものを理解せず、貴族というものをナメくさっております！　今日、食卓に出されたのは、なんと魚の干物が三切ればかり！　これが貴族をもてなす態度というものでしょうか⁉」

　わがままばかり言うコゼルット子爵に、避難民たちはどんどん冷淡な態度を取るようになっていた。自分は貴族だから優遇しろと、自己中心的なことしか言わないのだから、それも当然だろう。

　普段なら、それでも嫌々従ってくれるであろう平民たちも、今は緊急事態かつアルセルが味方だという錦の御旗のおかげで、コゼルット子爵のわがままを冷たくあしらっていた。

　アルセルも最初は彼が平民たちに無茶を言うたびに怒っていたが、平民たちが自主的にそうした態度を取るようになると、今度はコゼルット子爵のほうからアルセルに愚痴を言いに来るようになってしまった。

　余計な時間は取られたくないアルセルも、コゼルット子爵を避けるようになっていたのだが、子爵はしつこくやってきて、今日も面会の要求を断る兵士たちと押し問答をしている。

　ここまで届いてくるコゼルット子爵の身勝手な要望に、アルセルはため息をついた。

＊＊＊

リリーシィちゃん家のごはんにお呼ばれしてしまった。

「エトワさまのような高貴なお生まれの方に振る舞える料理ではないのですが」

「いえ、とっても美味しいです！」

リリーシィちゃんのお母さんは、配給のじゃがいもで作ったスープとパンを出してくれる。スープは鶏がらで丁寧に出汁がとられていて美味しかった。

そんな中、天輝さんからルヴェンドの戦いについて通信が入る。

『外周部で戦いが始まった。現状、人間側が圧倒的に優位だ。数では魔族が上だが、強者の力の質がまるで違う』

どうやら戦況は良いみたいだ。私はその報告にかなり安心する。

「リリーシィはエトワさまを困らせてませんか？」

「そんな！　いつもリリーシィちゃんには助けてもらってばかりですよ！」

リリーシィちゃんのお父さんもお母さんも本当にいい人だ。

お父さんは荷運び馬車の御者さん、お母さんは主婦らしい。お父さんからいろんな地方の話を聞いたリリーシィちゃんは、その話に憧れて冒険者を目指すようになったのだとか。

「リリーシィは昔から小さいのにお転婆だったからなぁ」

「ええ。学校に入る前は、いつも外に遊びに行っては擦り傷を作って帰ってきました」

「もう、お父さん、お母さん、そういう話はやめてよ！」

こんな優しいお父さんとお母さんに育てられたから、リリーシィちゃんも明るく素直な性格に育ったんだろうね。

そんなリリーシィちゃんの明るさに私も救われております。

食事が終わったので、後片付けを手伝う。食事のお礼に食器を洗うことにした。

「あら！　エトワさまは、そんなことなさらなくてもいいんですよ！」

「いえ、他にお礼できることがないので、これぐらいやらせてください」

リリーシィちゃんも手伝ってくれて、二人で食器洗いをした。

「今日はお招きいただきありがとうございました」

「あらあらご丁寧に。やっぱり貴族の方は育ちがいいのね。あの子にも見習わせたいわ。こちらこそ、リリーシィと仲良くしていただいてありがとうございます」

お母さんたちに挨拶していると、リリーシィちゃんが玄関から元気に私を呼ぶ。

「エトワちゃん！　遊びに行こー！」

「もう、あの子ったら……」

お食事のあとは、どうやらリリーシィちゃんと遊ぶことになりそうだ。

『町の中でも戦闘が始まった。ソフィアたちが配置されてる場所だ』

天輝さんの報告に、私は一瞬びくりとなる。
ソ、ソフィアちゃんたちは大丈夫!?
『戦っているが大丈夫そうだ。相手は大した魔族ではない。それにシーシェが見守ってくれている』

ほっ、シーシェさまがいるなら安心だよね。

みんなが無事でありますようにと、心の中で祈る。

「誰もいないねー」

いつも子供たちがいる公園には誰もいなかった。

「ちょっと早すぎたかな」

早めのお昼だったので、十三時にもなってない。

他の子はまだお昼を食べてるのかもしれない。

「そっかぁ、じゃあみんなが来るまでボール投げしよ！」

「そうだね～」

ボール投げはその名のごとくキャッチボールみたいな遊びだ。お互いにボールを投げてキャッチするだけの簡単な遊び。でも、使うボールは球蹴り用なのでだいぶ大きい。

「よーし、いくよー！」

適度に距離を取り、リリーシィちゃんがまずボールを投げようと構える。

「ばっちこーい！」

私は受け止める態勢を作ったけど、なぜかリリーシィちゃんの動きが止まった。

呆然と空を見上げている。

「なに、あれ」

リリーシィちゃんの呟き（つぶや）に、私も空を見上げる。

そこには何百、いや何千という魔法陣がクララクの青空を背景に禍々（まがまが）しく浮かんでいた。

そしてそこから火の雨が、町へと降り注ぎ始めた。

るらしい。

＊＊＊

『逃げろ！　エトワ！』

天輝さんの焦ったようなテレパシーが頭に響く。こちらの状況もあっちに伝わってい
私は慌ててリリーシィちゃんに抱きついて、その体を庇う。

「なに⁉　何が起きてるの⁉　エトワちゃん！」

小さな火の粉が私の頬を掠る。

じりじりと焼ける感触がした。

顔を上げると町が燃えていた。一瞬で町の景色が赤に染まってしまった。

人が住んでるほうから、悲鳴や叫び声が聞こえてくる。

『エトワ！　なんとか安全な場所に避難しろ！　すぐそちらに向かう！』

でも、それだけで終わりじゃなかった。

火の雨が収まると、今度は地面や建物に魔法陣が浮かび上がる。あの劇場や、影呪の塔で見たのと同じものだ。サイズはだいぶ小さいけど、何度も町のいたる場所に現れて

は、爆発を起こしていく。

何が起こったのかはわかった。魔族が襲撃してきたのだ、この町を。

いや、むしろこの力。こっちが本命だったのかもしれない……

リリーシィちゃんが私の腕を抜け出し、燃え盛る町を見て、震えながら涙声で呟く。

「なんなのこれ……？　お父さんは……？　お母さんは……？　あたしたちどうなっちゃうの？」

私は思った。

とにかく今は避難しないと。

リリーシィちゃんを連れて、一刻も早く安全な場所へと。

周囲は火に包まれている。

でもクララクは石造りの建物も多い。きっと安全に避難できるルートがあるはずだ。

心眼を使えば、それを探せるはず。

心眼に意識を集中させ、周囲の状況を探る。そんな私の耳に、か細く私を呼ぶリリーシィちゃんの声が聞こえてきた。

「エ、エトワちゃん……」

すぐに意識を戻すと、リリーシィちゃんの足もとに、あの魔法陣が浮かび上がっていた。

リリーシィちゃんは青白く恐怖に染まった顔で私を見ている。小さな足は震えて、一歩も動けそうになかった。

その足もとで魔法陣が禍々（まがまが）しい光を放ち始める。

だめだ、もう発動する！

「リリーシィちゃん！」

私は駆け出す。全速力で。

そのままリリーシィちゃんを魔法陣から突き飛ばす。

その瞬間、鼓膜が破れそうな轟音（ごうおん）がして、視界が真っ赤に染まった。

『このアホ……』

最後に、どこか悲しそうな天輝さんの声が、私の頭に響いて、消えていった……

炎に包まれた町で、一人の少女が座り込み泣きじゃくっていた。

周囲の建物が燃え、いろんな場所で爆発が起こり、町はどんどん瓦礫（がれき）と化していく。

そこで何かの前に膝（ひざ）をついた少女は泣き叫ぶ。

「うわぁあああん、エトワちゃんがぁあああ！　あたしのせいでエトワちゃんがぁあああぁ！」

その前には全身に赤黒い火傷を負い、地面に倒れ、ぴくりとも動かない、もう一人の少女の体があった。

第六章　希望の手綱（たづな）

そのとき、アルセルはクララクの図書館にいた。

木造の図書館は一瞬で火がつき、いろんな場所から炎が燃え広がっていく。

「アルセルさま、ここはもうだめです！　早く脱出してください！」

兵士に誘導され、アルセルも急いで図書館を出る。

「ひぃぃぃ！　なんということだ！」

コゼルット子爵もまだ図書館にいたらしい。アルセルに追いすがるようにして図書館を脱出した。

図書館を出てすぐ、アルセルは目にする。炎に包まれた町を。

アルセルのそばについていた兵士が真っ赤に染まる空を見上げて、呻（うめ）くように呟（つぶや）いた。

「あれが……あの魔族が……この惨状を引き起こしたというのか……？」

クララクの上空では、一体の魔族が町を見下ろしていた。

錆色（さびいろ）の肌と、人間にはない二本の角（つの）、悪魔のような羽を持つ魔族。

魔法で拡声された声が、都市の全体に響く。

低く、響きの奥底からその残忍な性格が伝わってくる声だ。

『聞こえているか、人間ども。我が名はヴェムフラム。北に隠れ住む名ばかりの魔王とは違う、我こそが本物の魔族の王よ。今日はこの町を滅ぼしに来た。泣き叫び炎に包まれ死んでゆけ！』

ルヴェンドではなくクララクに現れた悪夢の襲撃者は、愉悦のこもった笑い声を町に響かせた。

＊　＊　＊

ヴェムフラムはまず町全体に火の雨を降らせた。それから、爆破の魔法で各所をランダムに爆撃していく。五分と経たず、クララクの町は炎に包まれる。

しかし、石造りの建物が多いせいか、いまいち火の巡りが悪い。

「仕方ない、目標を定めて直接焼いてやるか」

そう言いつつも、ヴェムフラムの顔はひどく楽しそうだった。

その目が、炎から逃げる市民たちの一団を捉える。

ヴェムフラムの顔に嗜虐的な笑みが浮かぶ。右手をその方向に向けると、手のひらの先に巨大な魔法陣が出現した。そしてそこから、全長数百メートルはある炎が噴き出す。

迫りくる炎を見て、市民から悲鳴があがる。抵抗する術など、彼らはもっていなかった。

その炎が市民たちを呑み込もうとしたとき、突如、氷の壁が彼らの前に現れた。

氷の壁は炎に溶かされながらも市民たちを守る。市民たちはその隙に全力で逃げ出した。

「むっ⁉」

ヴェムフラムは眉をひそめる。

ヴェムフラムの周囲、直径百メートルほどの範囲を、氷の壁が覆っていく。

それはどんどん広がって、ヴェムフラムを閉じ込めるように氷のドームを形成した。

そのドームの中に、ヴェムフラムと対峙するように一人の男が姿を現す。

ごわごわで伸びっぱなしの長い黒髪をもつ神経質そうな男だ。

「陛下のご命令を受け、秘密裏にこの町に来ていて本当に良かった……」

男は服の襟を何度も直しながら、ほっとした声で呟く。

「なんだお前は？　邪魔だ。死ね」

ヴェムフラムは瞬時に男の前まで飛び、炎を纏った腕で殴りかかる。

だが氷の壁が建物の屋根からせり出し、ヴェムフラムの拳を受け止めた。

そして男は右手に氷の剣を発生させ、ヴェムフラムを斬りつける。氷の剣はヴェムフラムが纏った炎で蒸発するが、その頬に一筋の傷を残した。

「キサマ……」

掠り傷であっても傷を負わされ、ヴェムフラムの顔が不快げに歪む。

そんなヴェムフラムを、凍えるような目で見ながら男は言った。

「私は十三騎士のヴォルス。陛下の命令で、お前を倒しに来た」

クラクの中央に作られた氷のドームの中で、ヴェムフラムとヴォルスの戦いが始まった。

＊　＊　＊

アルセルたちはまだ図書館の前にいた。

味方の情報を集めに行ってくれた兵士が戻ってくる。

「兵士長は見つかりましたか!?」

「申し訳ありません、見つかりませんでした！　火の勢いが強すぎて、他の地区の兵士たちと連絡を取るのも無理です！」

町のあらゆる場所が燃えているせいで、兵士たちの連絡網はすでに機能していなかった。

「こんな場所は危険です！　は、早く逃げましょう！　殿下！」

コゼルット子爵がアルセルを急かす。でも、アルセルは逃げるつもりはなかった。

こんな状況でも、自分にできることがあるならしたいと思っていた。

「僕はここに残ります」

それを聞いて、護衛の兵士が叫ぶ。

「もう指揮をとるのは無理です！　殿下も逃げましょう！」

アルセルはその兵士の表情を見て悟る。本当は兵士たちも怖いのだ。でもアルセルがいる限り、兵士たちはこの場から逃げ出すことができない。

「……わかりました。ここは放棄します。市民の避難は……ばらばらになった兵士たちがうまく誘導してくれていると信じるしかないですね……」

悔しかった。結局、ほとんど何もできていない……

炎に包まれた町を、兵士に護衛されながら移動する。

「くっ、ここもだめか！」

「あぁぁあもう！　殿下がいつまでも図書館の前に残っておられるから……！」

家屋の倒壊が起きていて、逃げ道のいくつかは塞がれていた。

アルセルたちはルートを何度も変えながら、町からの脱出を目指す。

先ほどまでヴェムフラムがいた場所は、分厚い氷の壁で覆われていた。

十三騎士のヴォルスが兄の命令を無視して密かに来てくれたのだと、アルセルはすぐに察する。しかし、いくらヴォルスでも、あの化け物じみた力をもつヴェムフラムに勝てるだろうか……

（僕にも……戦う力があれば……）

火を消すことも、市民を守ることも、魔族を倒すことも何もできない。

アルセルは無力感にうちひしがれる。

そのとき、逃げ道を探すアルセルたちを、他の場所にいた兵士たちが見つけた。

「アルセルさま！　ここにいらっしゃいましたか！　クロスウェル公爵が派遣してくださった魔法使いたちが、避難用の飛空船を用意しています！　こちらにお越しくださ い！」

「おお、天の助けか！　さすがはクロスウェル公爵閣下！」

（僕は周りに助けられてばっかりだ……）

アルセルは唇を噛み締めた。

兵士の誘導に従い、燃える町をただただ走る。道の一つがまた塞がっていたので、進路を変える。

公園を横切る道を移動していたとき、先頭を走る兵士が立ち止まった。

「あれは……？」

アルセルの耳に小さな女の子の悲鳴が聞こえてくる。

「だれかぁあああ！　エトワちゃんを助けてぇえええ！　お願いぃいいいい！」

聞き覚えのある名前に、アルセルはそっちへ走り出す。

かろうじて火の手を逃れた公園に、泣きじゃくる女の子が座り込んでいた。

アルセルはその女の子に駆け寄る。兵士たちも慌ててついてきた。

「これは……ひどい……」

兵士の一人が呟いた。

背後に立つアルセルたちにも気づかず泣き続ける少女の前には、全身に火傷を負って、もう息をしているかもわからないもう一人の少女が倒れていた。

（あの子だ……）

焼け爛れてはいるが、わずかに残る金色の髪や面影から、アルセルにはわかった。

桜貴会を訪れたときに会った女の子。

不幸な生い立ちで、それなのにのんきでちょっとおとぼけた明るい性格で、パイシェンやシルウェストレの子供たちに慕われていた小さな子。

胸をかきむしりたくなるような痛みが走る。

自分は何もできていない。町が燃えたときも、人々が魔族から逃げているときも、こうして顔も知っていて、笑い合いながら話したこともある少女が息絶えようとしているときも。

「火傷を負った子は、たぶんもう助かりません……。無事な子だけでも連れていきますか……？」

兵士がアルセルに指示を仰ぐ。

避難させるつもりで女の子の手を掴むが、女の子は暴れて拒否する。

「やだぁあああ！　エトワちゃんと一緒にいる！　お願い！　お願いします！　エトワちゃんを助けてぇえええ！」

「落ち着きなさい！　その子はもう……その……無理だ。君だけでも逃げるんだ！」

「いや！　いやぁあああ！」

その姿を見てアルセルは呟いた。

「すみません、先に避難してください……」

「えっ？」

アルセルの言葉に兵士たちは驚く。

「僕は残ってこの子を治療してみます……」

貴族たちの中でも最下位の男爵家クラスの魔力しかもたない。そんなアルセルに使える唯一の魔法が回復魔法だった。

「そ、そんな！　危険です！」

「そうです！　そんな子供を助けても何の得にもなりませんぞ。放って逃げるべきです！　早く避難しないと、どんどん道がなくなってしまいます！」

「その、殿下のお力では……ここまでひどい火傷は……」

兵士の一人が言いよどみながらも言う。

確かにアルセルの魔法では、こんなひどい火傷を負った子を救える可能性は低かった。

それでも時間をかければその可能性が……

いや、それも言い訳だった。アルセルは耐え切れなかったのだ。この胸の痛みに……、さっきから何度も襲ってくる無力感に……

何かしないと心が押し潰されてしまいそうだった。

（僕は勝手な人間だ……）

アルセルは絞り出すような声で兵士たちに言う。

「あなたたちは避難してください……。僕が死んでも王子はあと二人います。国にとって問題はありません。もしあなたたちを責める人がいたら、僕が自分の意思で残ったんだと言ってください……」

そう伝えるとすぐに、アルセルはエトワの前に膝をつき、回復魔法の詠唱を始める。

そんなアルセルにすがりつくように、女の子がその服の裾を握り締めた。

兵士たちはその姿を、戸惑いながら見つめている。

アルセルは痛々しく焼け焦げたエトワを見て呟く。

「大丈夫……今助けてあげるからね……。そう、助ける……助けるんだ……。今、この子を救えるのは僕しかいない。だから、絶対助ける！」

その腕に小さな白い光が灯った。

＊　＊　＊

氷壁に包まれたドームの中で、炎の魔法と氷の魔法がぶつかり合う。

押しているのはヴェムフラムのほうだった。

ヴェムフラムの放つ炎が、ヴォルスの氷を次々と呑み込んで溶かしていく。

「グハハハハ！　十三騎士は人間の中では最強の魔法使いだと聞いていたが、存外大したことはないな！」

ヴォルスはヴェムフラムの攻撃に対して防戦一方だった。

「どうしたどうした！　この俺を倒すんじゃなかったのか⁉」

実際、ヴェムフラムは強かった。

強力な炎の魔法だけでなく、人間より遥かに強靭な肉体と、空を飛び回る羽を持つ。

先ほどその頬に傷を負わせた氷の剣も、本気になったヴェムフラムには防がれてしまっていた。

氷の壁を張りながら逃げるヴォルスを、ヴェムフラムが追いかける。炎を纏った打撃で次々と氷の壁を突き破り、ヴォルスの体に蹴りを入れる。

ヴォルスの体は軽々と吹っ飛ばされた。

すぐに体勢を立て直して着地するが、その口から血が一筋垂れる。

それを見てヴェムフラムが楽しそうに笑う。

「どうした、そろそろ攻撃しないと勝てんぞ？」

相手を甚振るのが楽しくて仕方ない、そんな嗜虐心に満ちた表情だった。

残忍で凶暴、それでいてプライドが高い。ヴェムフラムは人間が考える、典型的な魔族の性格をしていた。ヴォルスは呟く。

「もうしている」

「ん？」

理解できていないヴェムフラムに、ヴォルスは彼独特のぼそっとした声で告げる。

「攻撃ならばもうしている」

パンッと甲高い音が鳴った。

「なんだ？」

聞き慣れない音に、ヴェムフラムは立ち止まり周囲を見回す。

魔法による攻撃の音ではない。ヴォルスが魔法を発動させる気配もなかった。

ならば何の音なのか。そう考えていたヴェムフラムは、あることに気づく。

町を燃やしていた炎が収まっている。それどころか、窓や屋根に氷柱ができていた。

よく見ると屋根には霜が降りている。

いつの間にか町全体が凍り始めていた。

「さっきのは、木の内部で水が氷になり、体積が膨張して幹がはじけるときの音だ」

ヴォルスの言葉を無視して動こうとしたヴェムフラムは、ある違和感に気づく。

自分の体がどんどん動かなくなっていく。

「氷結結界。それが私が最初に作ったドームの正体だ。この結界の内部では時間が経つごとに気温が下がっていき、いずれすべてが凍りつく」

「ぐっ……」

ヴェムフラムの指先が早くも凍りついていた。

パキッパキッと音がして、指から腕へ、腕から体へ、氷が広がってくる。

「ば……か……な……」

「お前も凍れ、ヴェムフラム」

ヴォルスの前に一体の氷像が完成した。ヴェムフラムは歪んだ表情のまま、その場で凍りつく。

決着はついた。だが、ヴォルスはしっかりととどめを刺す気でいた。右手に氷の剣を生み出す。

「とどめだ！」

接近し、氷像と化したヴェムフラムの体を切ろうとしたとき――

「馬鹿め！」

その体を覆っていた氷が一瞬にして溶け、笑みを浮かべたヴェムフラムが中から出てきた。そして接近してきたヴォルスの腕を掴む。

「なにっ⁉」

「この程度の温度で俺様が芯まで凍りつくか！」

掴む腕とは逆の腕に豪火を纏わせ、ヴェムフラムはヴォルスを殴りつける。

それをヴォルスは氷の壁でそらし、なんとか直撃を避けた。しかし、ヴェムフラムはすぐに二撃目を振りかぶる。

ヴォルスとしては距離を取りたいが、腕を掴まれているので逃げられない。

呪文を唱え、地面から氷の刃を生み出し、自分を掴むヴェムフラムの腕を狙う。するとヴェムフラムはあっさりと腕を放し、そのままヴォルスを殴りつける。

魔法を放った分、ヴォルスの防御が遅れた。拳をまともに食らい、ヴォルスは燃える炎に包まれ吹き飛ばされた。

飛ばされながら冷気の魔法で炎を消火する。そしてすぐに立ち上がるが、体がふらつく。

（くっ……私では勝てないか……！）

ヴォルスは相手との力の差をはっきりと悟る。

ヴェムフラムという魔族。自信過剰で油断しやすい性格ではあるが、とてつもなく強い。十三騎士の上位者や公爵家の当主なら一人で対応できるかもしれないが、ヴォルスでは無理だった。

(だが、勝てなくとも時間は稼ぐ……！　殿下や避難している市民のために……！)

ヴェムフラムは余裕の笑みを浮かべながら、ゆっくりと距離を詰めてくる。

ヴォルスは捨石(すていし)になる覚悟を決め、市民や王子殿下のために魔法の詠唱(えいしょう)を始めた。

＊　＊　＊

兵士たちは迷っていた。

アルセル殿下はもう死んだも同然のような少女の前に膝(ひざ)をつき、回復魔法をかけている。少しは回復しているのかもしれないが、劇的な改善は見られない。

どう見てもその前に、少女の命が尽きるだろうと思えた。

なのに、殿下はこの場を動こうとしない。

「もう一度！　もう一度だ！」

殿下をお守りするのが自分たちの仕事だ。でも、本音は逃げたい。

ヴェムフラムの攻撃がこなくなったとはいえ、町はまだ炎に包まれている。ぐずぐずしていると、逃げ道を塞がれてしまう。

何より、いつヴェムフラムがあの氷の壁から出てくるかわからない。

そうなったら今度こそおしまいだ。

「ほ、ほら、殿下がこうおっしゃられているのですから、私たちだけでも逃げましょう！」

一緒についてきていた、コゼルット子爵がそう言った。

その言葉に従いたかった。少なくとも、反対の言葉は誰の口からも出てこなかった。

「は、早く私を飛空船まで案内しなさい！」

コゼルット子爵の言葉がどんどん高圧的になる。

でも、それは兵士たちにとっても都合が良かった。

「わ、わかりました。コゼルットさまがそこまでおっしゃるのなら……」

結局、コゼルットの命令に折れるという形で、兵士たちは逃げる道を選んだ。

コゼルット子爵とアルセル殿下、どちらが大切かなど考えるまでもないのに。

罪悪感から、アルセル殿下のほうを見ると、こちらをちらっと見て頷いてくれる。

それで罪悪感が少し軽減された。

「い、行きましょう……」

ためらいながらもアルセルを置いて、飛空船のある場所へ走り出す。

崩れた道を避け、この二週間アルセルと一緒に何度も調べた路地を駆け、町の外を目指す。

「あそこを曲がれば町の出口まで一本道です。その出口に飛空船があります」

「おお、助かった！　助かったぞ！」

喜びの笑みを浮かべるコゼルット子爵と、出口を目指す兵士たち。

その前方に、三つの人影が立ちふさがった。

一瞬、魔族かと思い身構えた兵士たちだったが、その姿を見てきょとんとする。

「子供……？」

「き、君たちも避難しに来たのかい……？」

それは小学生ぐらいの子供たちだった。戸惑いながらも兵士たちは彼らに近づいていく。

だが道を塞（ふさ）がれたことで、短気な子爵が怒鳴りだした。

「どきなさいガキども！　私の邪魔をするなら容赦しませんぞ！　この私の魔法でっ……」

コゼルット子爵の言葉が途中で止まった。

兵士たちがそちらを振り返ると、地面から突き出た土の槍（やり）が、子爵の首を貫（つらぬ）いていた。

気づけば一人の子供の手のひらに、魔法陣が出現している。

「なっ……こいつら魔ぞっ……」

「あぁっ、ぐはあぁっ……」

兵士たちも水の刃や土の槍で、次々と殺されていく。

それを行う三人の表情は、公園で遊んでいる子供のように楽しげだった。

殺した人間たちを見下ろしながら、明るいトーンで会話する。

「こいつらがターゲット？」

「ああ。他の場所塞いどけば、絶対にこの道を通るって言ってたからな。間違いねーだろ」

「んで、アルセル殿下ってのはどいつなんだ？」

「なんか特徴とか聞いてねーの？」

「確かデブって言ってたな」

「じゃあこいつだ」

子供の一人がコゼルット子爵の遺体を足でつつきながら言う。

「金持ちそうな服装してるし、魔法も使ってたし、間違いねーな」

「よしっ、じゃあ報告しとくか」

「その前に炎の魔法でこいつら焼いとけよ。一応、ヴェムフラムのヤローに殺されたことにする手はずなんだから」

「俺、炎の魔法つかえねー」

「カルム頼むー！」

「あーあ、めんどくせーなぁー」

兵士たちとコゼルット子爵の遺体は、死因が判別できないように炎の魔法で焼かれた。

「よし、仕事は終わりだ。それにしても退屈な仕事だったなー。ずっとここで待ってるだけとか」

「俺らも暴れてーよ」

「おっと、今度こそ報告報告」

子供の一人が水晶を取り出して、誰かと話し始める。

「あっ、アルフォンスー？　うんうん、アルセル殿下っての殺せたよー」

水晶の向こうの相手にそう報告すると、水晶の通話を切りポケットにしまう。

「それじゃあ、帰るかー」

そう言うと子供たちは、その場から姿を消した。

＊＊＊

アルセルは動かないエトワを前に、何度も何度も回復魔法をかけていた。

数で言えばすでに百回を軽く超えているだろう。魔力を消耗し、アルセルの顔も青くなっている。なのにエトワが目を覚ますことはない。

回復魔法のおかげで、火傷（やけど）についてはは多少マシになっていた。全身に痛々しい焼け痕（あと）を残しながらも、エトワの顔が判別できるぐらいには治っている。

一時は呼吸や鼓動を確認できるところまでいった。けれどそこまでだった。

どんどん治っていたはずの肌の色が悪くなって、息も弱まっていく。

「くそっ、なんでだ……！」

回復魔法をかけながら、アルセルは焦った表情で叫ぶ。

弱々しい鼓動が止まりかけたのを感じて、慌てて火傷（やけど）の治療をやめ、心臓に魔法を集中させる。

その間にエトワの全身の状態がどんどん悪くなっていく。これでは延命にしかならない。

それでもなんとか、エトワの命をぎりぎり繋ぎながら、火傷や弱っていく体の治療を行う。

「エトワちゃん……！　お願い、元気になって……！」

リリーシィが祈るように声をかけるが、エトワの反応はない。

アルセルの魔法で治せるのは一箇所が限界だった。どこかを治している間に、どこかが悪くなっていく。そんな堂々巡りに陥っていた。

そんな絶望的な状況でも、アルセルは必死に優先すべき場所を見つけ、治療を続ける。

エトワを助けるために。

そのとき、また心臓が止まった。

「まだだっ、まだ死んじゃだめだっ……！　君が死んだら悲しむ人たちがいるんだよっ……！　シルウェストレの子たちだって！　パイシェンだって！　この子も……！」

停止した心臓を回復魔法で無理やり動かす。

弱々しくではあるが、心臓はまた動き出してくれた。その間に、別の場所の治療をする。

しかし、動き出した心臓が、早くもその鼓動を弱めていく。アルセルはすぐに回復魔法をあてた。

先ほどから、この繰り返しで、ほとんど治療が進んでいない。

急がないと……

アルセルは今日何度目になるかもわからない回復魔法を唱える。

――しかし、魔法は発動しなかった。

「えっ……」

アルセルは呆然と自分の手のひらを見つめる。

魔力切れ……

もともと兄弟の中でも魔力には恵まれていなかったのに、エトワの延命と治療のために、限界まで魔法を使い続けた。当たり前といえば当たり前の結果だ。

でも、その当たり前が示す結果は、助けようとしていた少女の死だった。

エトワの回復を願い、治療を続けていたアルセルには、とても受け入れられない結果。

アルセルは震える声で呟く。

「うそだっ……」

疲労困憊で、自分の魔力の残量すら把握できていない状態だった。

もう一度、魔法を唱えるけれど、当然発動しない。

「まだっ……まだっ……！」

まだ治療しなくちゃいけない……。なのにもう、打つ手がない……

無情な結果だけが、アルセルの手に残される。

結局、守れなかった。

この町も、避難する人々も、目の前の見知った少女でさえも……

少女にまだわずかに残された命の気配が、どんどん弱々しくなって、そのまま消え去ろうとしている。それをアルセルはもう、呆然と見ていることしかできない。

「うそだ……助けられないのか……」

乾いた声が漏れた。まだ生きてるのに。この子はまだ生きてるのに。何も、してやれない。

「うっ……うぅっ……」

結果を悟ったリリーシィが、さめざめと泣き出す。アルセルを責める言葉は出てこなかった。

ずっと、エトワを治そうとがんばってくれたとわかっているから……

もう誰かに助けを求めることもなく、泣くことしかできない……

「ごめんよ……」

アルセルはエトワに向けてか、リリーシィに向けてか、掠れた声で謝罪した。

そして自分も顔を覆って涙を流す。

「僕にもっと力があったら……こんな目に遭わせることもなかったのに……。もっと力があったら……この子を助けることだってできたはずなのに……」

どんどん温かさを失っていくエトワを前に、アルセルとリリーシィの泣き声だけが響いていた。

＊＊＊

声が聞こえてくる。

辺りは真っ暗で、音もなくて、体は凍えるように寒い。

なのに、さっきから温かい光が体に触れて、寒い場所を温めてくれているのに気づいていた。

そういえば、なぜ寒いんだろう。わからない。

だって最初はとても熱かった気がする。それもよく思い出せないけど。

でも、真っ暗でしんとした世界に、不思議と誰かの声だけが聞こえていた。

「僕にもっと力があったら……」

その声は、とても優しい声だった。

さっきから体を温かくしてくれる光は、この人がくれてたんだってわかる。

「もっと力があったら……この子を助けることだってできたはずなのに……」
その人の声はなぜか、悲しみと後悔に包まれていた。
どうしてそんなに悲しい声を出すの……？
「力が……力が欲しいよ……みんなを助けられるような、そんな力が……」
この人……力が欲しいんだって……
なんとかしてあげたいねぇ、天輝さん。
あれ、天輝さんって誰だっけ。
『おいっ、エトワ！　聞こえているか！』
ああ、そうだ。この人だ。天輝さん。
神さまからもらった私の半身で、いつも私を助けてくれるナイスパートナー。
『私の名前を呼べ！』
名前？
『早く！』
てんきさん？
『違う。私の本当の名前だ！』
本当の名前……天輝さんの……

なんだっけ……

ああ……思い出したよ……

『頼む……呼んでくれ！　エトワっ！　頼む……！』

「てん……」

『そうだ！　その調子だ！』

「かが……やく……」

『続きを……！　早く……！』

「きん……か……の……」

『もう少しだ！　がんばれ！　エトワ！』

「…………」

『エトワっ！　死ぬなっ！　呼ぶんだ！　私の名を！』

…………

…………

…………

「けん……」

＊　＊　＊

体に力が流れ込んでくる。

そのおかげで私は意識を取り戻した。

私は天輝さんを握り締め、シュバッとその場で立ち上がる。

そして目の前の泣いてる人に言った。

「ぱんぱかぱーん、おめでとうございますー！　運の良いお方！　あなたは一億六千万人の中から、見事に目的のものを当てましたよ！　命を救ってくれたお礼に、私があなたの力になりましょう！」

真っ暗な場所にいたときの記憶と、天輝さんの情報からわかる。

目の前の人が私を助けてくれたらしい。ここは全力で恩返しせねばなりますまい。

力が欲しいなら、私がそれになりましょう。

あ、でも犯罪行為への協力はＮＧね。

あと地味に暴力装置にしかなれない力なので、そこらへんはご了承くださいませ。

まあ優しい人みたいなので、心配はいらないでしょう。

そう思ってたら。

助けてくれた人をよく見るとアルセル殿下だった。

「ふぇっ……エトワちゃん……なんで？」

目を真っ赤にしたリリーシィちゃんと一緒に、呆然と私を見上げている。

たはー！　お知り合いの方でしたか！

これはお恥ずかしい！

＊＊＊

誰かに助けてもらったと思ったら、リリーシィちゃんとアルセルさまだった。

「エトワちゃん、大丈夫なの……？」

「だ、大丈夫なのかい……？」

二人が、立ち上がった私を信じられないように見つめる。

私は安心させるためにどんっと胸を叩いた。

「ええ、この通り。二人のおかげで元気になりました」

本当は天輝さんのおかげでもあるんだけどね。でも、二人がいてこそだよ。

「ほんと……？　あ、エトワちゃんの目が開いてる……。きれい……」

「き、聞いていいのかわからないけど、その剣と姿は何かな……？」

力を解放した私の姿に、当然の疑問が二人から飛ぶ。

でも、今は説明してる場合じゃない。

「それより、ヴェムフラムがクラクに攻めてきたんですよね。まずはそれを倒しましょう！」

私は手元にちゃんと帰ってきてくれたパートナー、天輝さんをぐっと掲げる。

それがきっとアルセルさまの願いなんだよね。

暗闇から聞こえた声も、自分の無力さを嘆いていたし。

もともと天輝さんが来てくれたら、倒すことになってたはずだから、あんまり恩返しした気分にはなれないけど。残りの分は、これからこつこつと返していきましょう。

アルセル殿下がぎょっとした顔で言う。

「ヴェムフラムを倒す⁉」

「あっ、エトワちゃん、お洋服が！」

そう言われて気づく。

あ、服燃えてる。考えると当たり前だけど、あれだけの火傷を負って服が無事なわけないよね。

ところどころ焦げ焦げで、きわどい感じだった。

「これを着て」

アルセルさまが紳士としてのマナーなのか、視線をそらしつつマントを渡してくれた。

ありがとうございます。

私はマントを羽織(はお)って、ついでに顔も隠す。

「それじゃあ、いってきます！」

ぐっと足に力を入れて跳び上がり、近くの家の屋根に着地する。

二人が驚いた顔をしていた。

私はにっと笑ってアルセルさまに言った。

「アルセルさま、力が足りないというなら、これから私があなたの剣になります！」

＊＊＊

私はクラクの屋根の上を走りながら、天輝さんにもお礼を言う。

「ありがとう、天輝さんのおかげで助かったよ」

　すると、天輝さんから怒った声が返ってきた。

『このバカ。助かっているものか。今もお前の体は死にかけている。臓器不全に多数の熱傷、それをステータスでゴリ押しして、一時的に生き延びてるだけだ』

「そっかぁ～、それじゃあ、あいつを早めに倒さないとね」

『本当は今すぐ病院に駆け込ませたいぐらいだ……』

　天輝さんとしてはそれが本心で、ヴェムフラムを放っておけない私のために譲ってくれているのだろう。

　これはがんばらないとね。

　天輝さんのくれた情報で、相手のいる場所はわかる。

　私は屋根伝いにクラクの町を移動しながら、周囲の景色を見た。

　あんなにきれいだった町は、ぼろぼろに壊れ、今も炎に包まれている。

「私がしっかりしてたら、もっとちゃんと守ってあげられたんだよね」

『そうだな……』

　天輝さんは正直に答えてくれる。

　私はその光景を胸に刻んだ。それからすぐに、これからの戦いのために集中する。取り戻せない後悔は胸にあるけど、今は自分にできることをやるために。

もう半壊して、形を保てていない氷のドーム。

その中にやつがいた。

「見つけた」

私は屋根を蹴飛ばし、全速力で目標に迫る。

＊　＊　＊

「ふん、よくここまで持ちこたえたな」

ドームの中での戦い。

勝ち目がないと知りながらも、ヴォルスは市民が避難する時間を稼ぐために、必死に戦っていた。

体はぼろぼろで、もう魔力も尽きかけている。

それでも稼いだ時間は二時間にも及んだ。かなりの数の市民が避難できたはずだ。

（これならばやられても、十三騎士として後ろ指はさされまい）

その代償として、もはや逃げる体力すら残っていない。

膝をつき、ヴェムフラムが自分にとどめを刺そうと迫ってくるのをただ待つ……

（死んだらせめて銅像でも建ててほしいものだ……）

やり尽くしたせいか、不思議と恐怖はなかった。

あとは仲間に託すしかない。

ヴェムフラムがヴォルスの前までやってくる。

「ここまで戦った褒美に、最も苦しい死に方をプレゼントしてやろう。弱い炎でじっくりじっくり焼き殺してやる」

ヴェムフラムが手に纏わせたのは、普段なら防御できるような弱い炎だが、今のヴォルスには障壁を張って防ぐことすらできない。

炎を纏わせたまま、ヴェムフラムの腕がヴォルスの首を掴もうとする。

市民を命がけで守った男に、苦しみに満ちた死が迫ろうとしていた。だが十三騎士のプライドとして悲鳴もあげずに死んでやろうと、ヴォルスはその拳に力を入れた。

次の瞬間、ヴェムフラムの体が誰かからの攻撃により、目では捉えきれない速度で吹っ飛ばされる。

ヴォルスが呆然とした顔で、先ほどまでヴェムフラムがいた場所を見ると、そこには小柄な何かが立っていた。

子供にしか見えないその身長。顔は全身を覆うマントで隠れてわからない。

ただ顔を隠すマントの奥から、赤く発光する瞳がヴォルスを見つめていた。

(赤目？　子供？　何者だ？　魔族か？　人間なのか……？)

子供程度の大きさでありながら、不意打ちとはいえヴェムフラムを吹っ飛ばしたのだ。只者ではないとすぐにわかった。尋常じゃないオーラを放っていて、そのプレッシャーに威圧される。

人間なのか、魔族なのか、区別がつかない。

いや、そんなことはどうでもいいことかもしれない。

目の前に現れたこの存在が敵なのか味方なのか、それが問題だった。

赤く発光する目をもつそれは、ヴォルスから視線を外すと、ヴェムフラムが吹っ飛んだ方向に、信じられない速さで跳んでいく。

(味方なのか……？)

ヴォルスはそれを呆然としたまま見送った。

＊＊＊

私はまず、魔法使いの人を助けるために、ヴェムフラムに蹴りを入れて吹っ飛ばした。

魔法使いの人は呆然と私を見ている。

この人が今まで、みんなを守ってくれたんだよね。リリーシィちゃんも、アルセルさまも、みんな無事だったのはこの人のおかげ。

私にとって四人目の恩人だ。

（ありがとう……）

心の中でお礼を言う。

あとはあいつを、ヴェムフラムを倒さなきゃいけない。私が倒す。

私はヴェムフラムを吹き飛ばした方向を向くと、そちらへ跳躍（ちょうやく）した。

恩人を巻き込まないように加減したせいか、ヴェムフラムはまだ余裕の表情で笑っている。

「ハハハハハ、仲間がようやく来たか？　だが何人来ようと俺には勝てん！」

竜の息吹（いぶき）のような長大な火炎放射が、その腕から私に向かって放たれた。

私はそれを剣で切り裂く。

炎がぱっくりと割れていき、余波でヴェムフラムの腕が吹き飛んだ。

「ハハッ……は……？　なんだ……これはぁ……？」

ヴェムフラムは呆然とした顔で、炎ごと消し飛んだ右腕を見つめた。

私はその間にゆっくりと距離を詰める。

こちらに視線を戻したヴェムフラムの表情が、初めて焦ったものになる。

逃がすつもりはない。だから急ぐ必要もない。

確実に一歩一歩、あいつに近づく。

「このっ！　このぉっ！　このぉおおおおおおおっ！」

近づくまでの間に、ヴェムフラムは必死の形相で私を攻撃してくる。空から火の槍を降らせ、巨大な火球を何度もぶつけ、遠くから全力の攻撃を繰り返す。

それらの攻撃すべてを、私は一太刀で切り裂いた。

「くそぉおおおおおっ！　なんだ！　なんなんだお前は！」

あと十メートルほどに近づいたとき、ヴェムフラムの表情は引きつっていた。

その感情が恐怖であればいいと私は思った。

「な、何者なんだキサマァああアアアアアアアアアアア!!」

この距離ならば、確実に倒したことを確認できる。

「死ね！　死ね！　死ねぇぇぇい!!」

この距離でもヴェムフラムは全力で魔法を放つ。接近戦は挑みたくないのだろう。

さっきと同じ魔法しかなかった。すべてを斬り消す。

「…………っぁあ……」

打つ手のなくなったヴェムフラムが黙り込む。

今はどういう心境だろうか。襲われた町の人たちの痛み、炎に包まれた人たちの恐怖、それが少しでも伝わっていたらいいと思った。

ヴェムフラムが最後に取ったのは、身を翻し、飛んで逃げるという行動だった。

その翼を私は片手で捕まえる。

「逃がさないよ、お前だけは」

「ぐぎゃぁあああああっ!?」

力を入れすぎて、相手の翼が潰れてしまった。

嫌いだけど苦しんでほしいわけじゃない。一撃で殺すつもりで首を狙い、鋭い突きを放つ。

「ひぃいいいいっ！」

身を捩り、ヴェムフラムはその攻撃をかわす。代わりに左肩が吹き飛んでしまった。

避けられるとは思っていなかったので、少し驚く。

「さすがは魔王と自分で名乗るだけはある。強いね」

私は素直な感想を口にした。

逃がさないように翼を握り直し、二撃目を放つ。

ヴェムフラムは翼を自分で引きちぎり、胴を切断しようとした攻撃を逃れる。

その一撃は、両足を切断するに留まった。ヴェムフラムは体を引きずって、私から逃げようとする。

「このっ……ばけものめぇっ……！」

私はその体をしっかりと掴み、地面へと押さえつける。

「もう、これで逃げられない」

少し気分が落ち着いた私は、ヴェムフラムに最後の言葉を投げた。

「よくも町の人を、リリーシィちゃんを、アルセルさまを傷つけてくれたね。終わりだよ」

私はヴェムフラムに終わりの一撃を放った。

＊　＊　＊

ヴェムフラムを倒した。ほっとすると同時に、少しくらっとする。

『すぐにアルセルたちのもとへ戻れ。病院に連れてってもらうぞ』

「うん」

素直に天輝さんの忠告を聞いて、アルセルさまたちのところに戻る。

戻った私に、アルセルさまとリリーシィちゃんが駆け寄ってきた。

私は二人を安心させるために微笑んで告げる。

「終わりました」

「ほ、本当にヴェムフラムを倒したのかい？」

「はい、まあ、なんとか」

アルセルさまもリリーシィちゃんも目を丸くしている。

やつを倒したおかげか、町の炎も弱まった気がする。気のせいかもしれないけど。

『それより早く治療だ』

天輝さんに催促(さいそく)されて、私もアルセルさまにお願いする。

「すみません、さすがに限界みたいで。良かったら……病院に連れてって……もらえませんか？」

「あ、うん！　すぐに行こう！　飛空船が出発してなければ乗せていってもらえるはずだ」

アルセルさまの言葉を聞きながら、急速に意識が薄れていく。

『病院に着くまでは、私がお前の体を支える。今は休め』

「そっか、よろしくお願いします……」

私は誰にともなくそう言うと、そのまま気絶したらしい。

目覚めたのは、なんと三ヶ月後だった。

＊＊＊

ヴェムフラムが倒された影響か、クララクの町ではだんだんと火が収まりつつあった。

それでも市民たちは避難を続けているのか、町に人の気配は戻っていない。

そんな瓦礫と化した町を、一人の少年が歩いていた。茶色のやわらかそうな髪に、目がくりっとした、割とどこにでもいそうな平凡な顔立ちの少年。

向かっていたのは、ヴェムフラムとそれを倒した誰かが、さっきまで戦っていた場所。

その場所にはヴェムフラムの首が横たわっていた。

それを見て、なにかおかしいものを見たように少年は笑いだす。

「あははは、それでもまだ生きてるんだ。魔族ってやつはすごいね」

するとヴェムフラムの首が怒りを含んだ声で、たどたどしくしゃべりだした。

「だま……れ……」

実はヴェムフラムはまだ死んでいなかった。勝てないと理解して、首を落とされたときに死んだふりをしたのだ。

しかし、瀕死（ひんし）には変わりない。誰かが助けなければ、このまま死ぬだろう。

少年は笑うのをやめたが、顔には変わらず笑みを浮かべたまま、首だけのヴェムフラムに語りかける。

「まさか君が十三騎士一人にやられるとは思わなかったよ。僕の情報収集ミスだから申し訳なくは思ってるけど、少し君の力を過大評価していたね」

「ちがう……あか……めだ。あかめの……せんしに……やられた……。なん……だ、あ……れは」

ヴェムフラムの言葉に、少年は首をかしげる。

「赤目？　さあ聞いたことないな。本当にそんなのがいたのかい？」

「それよ……り……はやく……俺を治……療しろ。それから……約束ど……おり……神の石……版と鍵をわ……たせ」

少年とヴェムフラムは何か取引をしていたようだ。ヴェムフラムは約束の履行（りこう）を訴える。

それに少年は「うん」と頷（うなず）きながら、ヴェムフラムへと何かを向けた。

それは黒く長い鉄の筒だった。片側に木製の持ち手がついていて、そこに指をかけて引くような妙な仕掛けが施されている。

「なん……だ……。そ……れは……」

自分に向けられた筒を、わけがわからないといった表情で、ヴェムフラムは見上げた。

少年は人からは『お人よしそうだ』と表現される、優しい声音と笑顔でヴェムフラムに告げる。

「いやぁ、君はとても役に立ってくれたけどね。アルセルさまの暗殺が成功した以上、生きていてもらっても逆に困るっていうか、面倒くさいからね。ここで死んでもらえると助かるんだ」

「なっ……」

少年の言葉にヴェムフラムは目を見開く。

「や……めろっ……！」

ヴェムフラムの制止を聞かず、少年は仕掛けに指をかけて、数センチ引いた。

パンッと甲高い音が、誰もいない町に響く。

音が収まったあと、ヴェムフラムの首は動かなくなっていた。その眉間に一つの穴が開いている。

　少年はその首にはもう何の興味も示さず、自分が持っている鉄の筒をしみじみと眺め呟(つぶや)いた。

「瀕死(ひんし)状態なら高位の魔族にもダメージが通ったか。うん、悪くないね」

　その出来に満足そうに頷(うなず)くと、ヴェムフラムの首を魔法で埋葬(まいそう)する。

　少年の唱えた魔法で、眉間(みけん)に穴の開いた首は土の中に沈んでいく。埋葬(まいそう)というより、隠蔽(いんぺい)するような、そんな処理の仕方だった。

　他に動く者が誰もいなくなった町。少年は何事もなかったように、悠々(ゆうゆう)と来た道を歩いて帰っていく。

　少年の足が、町外れの一角に差しかかったとき、執事姿の老人が姿を現した。

「馬車の準備ができております」

「うん、ご苦労さま。それじゃあ、ルヴェンドに行こうか。兄さんと食事の約束をしてるんだ」

　その言葉に、執事姿の老人は恭(うやうや)しく頭を下げる。

「かしこまりました、アルフォンス・グノームさま」

＊　＊　＊

目覚めると、私は知らない部屋のベッドの上だった。

ふかふわのおふとん、装飾の少ない清潔な天井。公爵家の本邸にある私の部屋でもないし、ルヴェンドの別邸の部屋でもない。

のそっと上半身を起こすと、ベッドの脇の椅子でリンクスくんが寝てた。

私はなんとなく、そのほっぺをぷにぷにしてみる。

やわらかーい。

しばらくその感触を味わっていると、リンクスくんの目がぱっと開いて、きれいな瞳がぱちりと私を見つめる。それからリンクスくんは、信じられないというような声で叫んだ。

「え、エトワ……！　目が覚めたのか!?」

「うん、起きたよー。でも、ここどこ？」

改めて部屋をきょろきょろ見回す。

広いわりに家具は少ない。本当に最低限という感じで、タンスや鏡、テーブルだけが置かれていた。そしてよく見ると、床には魔法陣みたいなのが描かれている。

「王都の病院だ。お前、三ヶ月も目を覚まさなかったんだぞ」

「さんかげつ⁉」

そんなに長く寝ていたのか。ちょっと、いや、かなりびっくりだ。

「……心配したんだからな」

私が入院代の心配なんかをしてると、リンクスくんが泣きそうな顔でそう言った。

「うん、ごめんね」

私は素直に謝ることしかできなかった。

リンクスくんから言葉が返ってくる前に、「エトワさまの声がした！」とだいぶ遠くのほうからソフィアちゃんの声が聞こえた。

そして廊下を飛行魔法で飛ぶような音がしてから、病室の扉がガラッと開いて、ソフィアちゃんが姿を現す。ツッコミどころが多い。

ソフィアちゃんは最初、呆然と私を見ていたけど、やがて目に涙を浮かべて飛びついてきた。

「エトワさまぁー！　お目覚めになられたんですね！　良かったぁー！」

「うん、ごめんね。心配かけちゃって」

ソフィアちゃんの頭をなでなでしてあげる。

いっぱい心配をかけてしまったようだ。ちょっと反省。

ソフィアちゃんが開けっ放しにした扉から、ミントくんがするっと入ってきてベッドの横に座った。

「ミントくんも心配してくれてたんだね。ありがとう」

「ああ……心配した……」

ミントくんはこくりと頷く。

それからスリゼルくんとクリュートくんもお見舞いに来てくれた。

「お前たち、エトワさまはお目覚めになられたばかりなのだ。あまり負担をかけるな」

スリゼルくんは私のそばを離れたがらないソフィアちゃんたちに注意をした。

クリュートくんは私を見て、やれやれと肩をすくめる。

「敵が適当に放った爆破魔法に巻き込まれるなんて間抜けですね。少しは気をつけてくださいよ」

なんだかんだお見舞いに来てくれたクリュートくんは、ソフィアちゃんたちに文字通りガブッと噛みつかれ、悲鳴をあげていた。

なんとかしてあげたいけど、絶対安静なので動けない。なむ。

＊　＊　＊

目覚めてから三日。

どうやら、私が入院している病院はかなり高級な場所のようで、お医者さん十人ぐらいに囲まれて、いろいろ検査を受けた。

正直、そんな人数が来るとは思わなくて、ちょっとびびってしまった。

一時は、この国でも一流のお医者さんが三十人体制で私のことを診ていたらしい。

お父さまの命令で……

おかげさまで危篤状態だったというのに、ほとんど後遺症もなく、顔や腕の肌もきれいで火傷を負っていたとは思えない。

ただ退院にはリハビリも含めて、もう少しかかるようだった。

リンクスくんたちはルヴェンドに帰っていったというか、帰ってもらった。

どうやら私が意識不明の間も、こっちの病院にかなり通いつめていたらしい。学校よりこっちが大切だとか言って……。ちょくちょく飛空船で戻っていたらしいけど、あの子たちにどれだけ授業をさぼらせてしまったのか不安だ……

お昼には、アルセルさまとリリーシィちゃんがお見舞いに来てくれた。

三人で楽しく話したけど、あの戦いのことは話題に出なかった。二人とも気を遣ってくれたんだと思う。

二人には力がばれてしまったけど、それが周りに知られた様子はなかった。

私からは何も言わなかったのに、きっと秘密にしてくれたんだろう。

しばらく話して、お別れの時間が近づいたとき、アルセルさまがリリーシィちゃんに言った。

「ごめん、ちょっとだけ席を外してくれるかな」

「はーい！」

リリーシィちゃんは素直に部屋を出ていく。

たぶん、私の力のことについて話したいのだろう。ちょっと緊張する。

そんな私に、アルセルさまは穏やかに微笑んで言った。

「君の力のことについては誰にも話してないよ。どうやら隠していたみたいだし。リリーシィちゃんも秘密にしてくれてるって」

「はい、ありがとうございます」

アルセルさまとリリーシィちゃんの配慮に感謝する。

ばれたのが二人で良かったと思った。アルセルさまは続ける。

「それと君が言ってた、僕の力になってくれるって話だけど」

「はい、命を助けていただいたご恩がありますから、アルセルさまのご命令とあらば、命をかけてでも力になりますよ！」

ほぼ戦闘しかできないけど、任せてください！

そう言ったら、アルセルさまは苦笑して首を横に振った。

「そういうのはやめてほしいかな。今回の件について、僕が君を助けただなんて思ってないよ。むしろあの状況でヴェムフラムを倒してくれたんだ、僕が君に助けられたことになる」

「そんなっ……」

アルセルさまが回復魔法をかけてくれなかったら、私はあのまま死んでた。

どう考えても、ヴェムフラムを倒したぐらいじゃ返せない恩がある！

それを言おうとしたら、アルセルさまが先に私に話す。

「もしそれでも恩義を感じているなら、君自身の人生を大切に生きてほしいかな。僕なんかのためじゃなく、君が幸せになるために。君は不思議な子だけど、悪い子じゃないってことはわかるよ。だからそうしてくれたら、それが君の周りの人の幸せに繋がるんだと思う」

アルセルさまは微笑んで私に言う。

「僕もそうなったら幸せに思うよ」

はうぁっ！

なんて器の大きい方だぁ。

何も聞かずに私という存在を受け入れてくれた……

私はアルセルさまにもっと恩返ししたくなる。困っていたら絶対に助けようと心に決めた。

＊＊＊

安静にして寝るだけの生活がしばらく続く。

今日もすやすやお休みして目を覚ますと、そばに誰かの気配がした。心眼で誰か確認して驚く。

お父さまだった。

ヴェムフラムとの戦いの事後処理で忙しいのでは？ そもそもなんで私の病室に？

いろんなことが頭を駆け巡る。

椅子に座って目を閉じているお父さまからは、かすかな寝息が聞こえていた。

時刻は夕方ごろ。まだ眠くなるような時間ではない。きっと仕事が忙しくて疲れているのだろう。

起こさないようにと思ってたのに、身じろぎをすると、その目がすぐに開く。なんて浅い眠りなんだろう。ちょっとびっくりした。

私の本当の目と同じ色の、アッシュの瞳が見つめてくる。

「大丈夫だったか？」

いつもと同じそっけない声。でも、不思議と私の心は温かくなった。

「はい、クロスウェルさまのおかげです」

頷くと、少しほっとした気配が伝わってきた。

こんなにいい病院に入れてくれたのは、心配してくれたからなんだと思ってる。

「礼を言われることではない」

態度はいつも通りそっけない。けど、不思議と感情は伝わってくる気がした。

それによそよそしい態度を取ってるのは、お父さまだけじゃない、私のほうもだ。

でもたぶんきっと、この胸の中に感じる温かさは家族への気持ちで、私のほうからもそれがお父さまに伝わってくれたらなって思った。

私たちの関係はいびつだった。少なくとも世間でいう、父娘の関係とは違ってしまっている。

お互いの立場やいろんなしがらみで、お互いに壁を作っている。

だからその大きな手で頭を撫でられたとき、私は少し驚いた。

そして私の驚いた反応に、その手がかすかに震えた。でも手は離れなかった。

「どこか痛むか？」

「いえ」

私は首を横に振る。ちょっと痛いところもあったけど、今ので吹っ飛んでしまった。

お父さまはいつも通りの静かな表情で言う。

「そうか……。どこか不調なら医師に告げるといい。腕のいい者たちが診てくれるだろう」

「はい」

「私は仕事があるので行く」

うん、とてもいいお医者さんに診てもらってます。お父さまのおかげで。

「はい」

いつも通り繰り返される、他人行儀なやり取り。

でも、そのやり取りを重ねることに、きっと私たちの家族の絆があると思えた。

＊＊＊

意識不明三ヶ月、リハビリ二ヶ月。結局、退院まで五ヶ月もかかってしまった。

ようやく学校生活に復帰である。

王都からルヴェンドに戻ってきた、復学初日。

生徒会も久しぶりだ。

「パイシェンせんぱーい！」

パイシェン先輩の姿を見かけて、嬉しくて手を振って駆け寄ると、ため息をつかれた。

「大怪我をしたっていうのに相変わらずね、あんたは……」

「えへへ、心配してました？」

そう言ったら頬を引っ張られた。

「一応、私の会のメンバーが怪我をしたんだからね。心配ぐらいはするわよ」

「いだだだ、お見舞いぐらい来てくれたら良かったのに～」

「あたしも行きたかったけど、魔族の襲撃の後処理とかで忙しかったのよ！　会長として学校をまとめなきゃいけないし。いきなり生徒会メンバー一人が入院してくれるしね！」

一応、お見舞いに行きたいとは思ってくれてたんだ。えへへ、ちょっと嬉しい。にまにましてると、ドン引きされた。

「何よ、その顔、気持ち悪いわね」

そんなやり取りをしてると、クレノ先輩もやってきた。

「やあ、エトワちゃん。退院したんだね。おめでとう」

「ありがとうございます！　これからはクレノ先輩と一緒に生徒会活動できますよ！」

実質、私の活動歴って影呪の塔しかなかったし。

残りの期間でなんとか、休んでた分は貢献したい。

「まあ、そんなことといってももう三ヶ月もないけどね。俺は最上級生だから、そのまま引退だし」

「人がやる気になってるのに、そんなこと言わんでください！」

はっはっはと笑って水を差すようなことを言ったクレノ先輩に、私は怒り顔で抗議した。

「まあ生徒会は終わっても中等部にはいるし、たまには遊びに来るよ。ところであれは何？」

そう言ってクレノ先輩が指し示した先。そこには三人の子供の影があった。

観葉植物に隠れてこっちを監視している。

誰かといえば、もちろんソフィアちゃん、ミントくん、リンクスくんだ。

「いや、なんか、いろいろあって急に心配性になっちゃって……」

もともと護衛役ということで送り迎えはしてもらってたけど、学校内では比較的自由に行動させてもらっていた。生徒会のときも私一人でやっていたのだけど、今はなぜか彼らがついてきてしまっている。

私が大怪我したのがかなりのショックだったようで、三人は校内でもぴったりとついてくるようになってしまった。私のメンタルケアを担当しているカウンセラーさんに相談したら、しばらく放っておいて安心すれば治るでしょうと言われた。

まあ今回の件は私が悪かったし……受け入れるしかないよね……？

それを聞いたクレノ先輩が楽しそうにパイシェン先輩に言った。

「会長、後輩が困ってるみたいですよ。注意してあげたらどうですか？」

「いやよ。私はこれ以上、あの子たちの反感を買いたくないの」

パイシェン先輩がものすごくいやそうな顔でその提案を拒否した。

その後の三ヶ月とちょっと、私は学校に通い、桜貴会と生徒会にも出席して、ポムチョム小学校にも顔を出し、クレノ先輩とのお別れ会ではちょっと泣いたりもして――おおげさだとツッコまれて、平穏に過ごした。

ソフィアちゃんたちのつけ回す癖も、さすがに一年生が終わるころには治ってくれた。

もうすぐ異世界に転生して八年。私は元気に楽しく暮らしてます。

書き下ろし番外編

クレノ先輩のお悩み

お休みの日、私はクレノ先輩と待ち合わせしていた。放課後、一緒に生徒会の仕事をやってるときにお誘いを受けたのだ。

待ち合わせ場所に十五分前に着いたら、クレノ先輩はもう来ていた。

「お待たせしました～」

「ぜんぜん待ってないよ。そもそも待ち合わせ時間になってないしね。もっとゆっくり来れば良かったのに」

そんなこと言いつつ、私より早く来てるのだから説得力がない。

「それで今日は何をするんですか？」

誘われたとき、どんな用事なのかは聞いてなかった。

「立ち話もなんだから、あそこの喫茶店に入って話をしないかい？」

そう言って、クレノ先輩は待ち合わせ場所近くの喫茶店を指差す。たぶん、待ち合わせ場所をここにしたのも、すぐ喫茶店に入って話すためだったのだろう。

そつのない人だ。

席に座って、注文を終えて、私は改めて聞いた。

「それで今日は何の用事ですか？」

「そうだな……これから町で女の子をナンパしてみないかい？」

そつならあった、大きなそつが。

「正気ですか？　本気で言ってるんですか？」

私が細い目でじーっと見ると、クレノ先輩はクビを振った。

「冗談だよ。ただ、学校では模範生で通っているから同級生を誘うわけにもいかなくてね。こういうことに誘えるのはエトワちゃんぐらいなんだよ」

それって本気だったじゃないんですか。半分くらい。

小学一年生の女の子を、ナンパに誘うなんて正気の判断ではない。

「要件がそれなら帰りますよ」

ナンパなんて……実は少しだけ挑戦してみたくはあるけど、私とクレノ先輩の二人でやるのは、さすがに意味不明すぎるのでやる気はない。女性的な魅力が不足してるのは自覚しているが、仮にも女の子の私を一緒にナンパしようと誘うのと、同級生をナンパに誘うのを比較して、前者のほうがハードルが低いと判断されたことに納得がいかない。

「ごめんごめん、本題は別なんだ。実はデートプランを考えてきたんだけど、女の子視点からアドバイスをもらいたいって思ってね」

その言葉でピンときた。

クレノ先輩は先の選挙戦で、パイシェン先輩に破れてしまったけど、そのときに貴族の女の子から、熱い気持ちのこもった言葉を頂戴していたのだ。クレノ先輩も、満更ではない様子だった。

「何かあの人と進展があったんですか？」

そうなってくると、俄然興味が湧いてくる。

あれから何も聞いてなかったけど、デートするような仲になれたんだろうか。

「いや、まったく。あのとき以来話せてもいないよ」

「はい？　話しかけて仲良くなって、今度デートに行く、とかじゃないんですか？」

そう聞くと、クレノ先輩は微笑みを湛え、やれやれといった感じで首を振る。

「そんな気軽に誘えるなら、誰も苦労しないさ。話しかけて、急にデートすることになって、そこで失敗して嫌われたらどうするんだい。まず、付き合えたとして、どういう風にするのか、十分シミュレーションしておかないといけないだろう？　そのためにアドバイスを求めているんだ」

　いや、まず話しかけろよ。話しかけてないのに、デートプラン考えるやつがあるか。

　私は喉元まで出かけたツッコミを呑み込んで、呆れを隠せない笑みで言った。

「つまり、まとめるとヘタレちゃって、今日まで何もできてないってことですね」

　すると、クレノ先輩も能面みたいな笑顔で返してきた。

「考えてみてくれ、ルーヴ・ロゼの小等部に入学してから五年間、周りは自分とは身分の違う女の子ばかり。話す機会すら数えるほどしかなかった。これで女の子の扱いがうまくなる方法があるなら、教えてくれないか？」

　全力でヘタレている理由を、理論武装されてしまった。

　むぅ、でも確かに、その理屈は納得せざるを得ない。

　ルーヴ・ロゼの平民生徒は男子の割合が高い。なぜか。一説によると、女の子の場合、魔法の才能があっても親が離したがらないケースが多いからだとか。

　この国の貴族の権力は絶大だから、無理を通そうと思えばできるけど、反感を買い続ける選択を続けるというのは、人間の心理的にやり辛いのだと思う。

「う～ん、わかりました。できる限り、アドバイスしてみます」

　クレノ先輩には、生徒会の仕事でお世話になってる。それに選挙のときは、彼を応援したいと思ったのだ。その延長線上で、彼の女性とのお付き合いの道を、少しサポートするぐらいならいいかもしれない。

「ありがとう。助かるよ。それじゃあ、さっそく行ってみよう」

そういうわけで、クレノ先輩が考えたデートプランに付き合ってみることになった。

＊＊＊

クレノ先輩が考えたデートプランは、朝に待ち合わせて、いくつかの場所を巡ったあと、ランチを一緒に食べて解散するという、なんとも健全なプランだった。

まず、やってきたのは美術館だ。

貴族たちが暮らす町なだけあって、ルヴェンドには有名な美術館がいくつもある。デートコースとしてはお堅い感じだけど、貴族の子供にはパイシェン先輩をはじめとして、芸術に造詣の深い人たちも多い。比較的、興味が薄い側のソフィアちゃんたちだって、一通りの知識はもっている。だから、悪い選択ではないと思う。

「わ〜、きれいな絵ですね〜」

なんて偉そうなことを言ったけど、私なんかはこの美術館に来るのは初めてだ。

私の目の前にあるのは、壁一面のキャンバスに描かれた、火や水を纏った子供たちが空を飛び回っている絵だ。伝承の精霊を描いたものらしい。人々と精霊の交流があったのは遥か昔らしいけど、今でもその加護やマジックアイテムは貴族たちの手に残っている。

青や赤などの原色で描かれたその絵は、なんともわくわくとした気持ちにさせてくれる。

この世界の美術品は、私が元いた世界よりわかりやすかった。伝承をもとにした絵、貴族や王族の肖像画、美しい風景画。素人でもパッと見て、技量や美しさに感動できる絵が多かった。

だから、初めてでも意外と楽しめている。

「それはルーディックという画家の作品だね。神話や伝承に基づいた絵をたくさん描いてる人なんだ。華やかで見ていて楽しい絵を描くよね。この美術館にはあと三枚、彼の残した絵があるらしいよ。好みなら、それも回ってみようか。こっちに行けばあるはずだ」

クレノ先輩は軽い解説をまじえて、美術館をエスコートしてくれる。作者ごとの絵の枚数や場所まで把握しているということは、事前に調べたのだろう。

それは素晴らしいことなんだけど……

「どうしたんだい？」

考え込む私に、クレノ先輩が気づいて声をかける。

「クレノ先輩が好きな絵はないんですか？」

「う～ん、さっきのルーディックは華やかな絵で女の子のファンが多いよね。あと、あそこにあるクレンタスは淡い色合いで、この町の景色を描いていて……」

「いえいえ、そういうのじゃなくて」

それは他人の好みであって、クレノ先輩の好きではない。

実を言うと、美術館に入ってからずっとそうだった。絵の情報や一般的な論評は話してくれるけど、クレノ先輩自身の感想は聞いたことがない。

あの絵が好きだ。その絵はいまいち。この絵は初めて見たけど、とても気に入った。美術にあまり興味がない私ですら、そんな風にいろんな感想を抱いているのに。

「単純にクレノ先輩が好きだって思った絵はなかったんですか？」

そう問われて先輩は、今までのそつのない美術館の案内役モードから、年頃の少年らしい顔つきになり、困った表情を浮かべ、頭を掻いて悩みながら、一つの絵を指差した。

「強いて言うなら……、これかなあ……？」

それは果物のスケッチだった。小さなキャンバスの上に、特に工夫もなくそのままに描かれている地味な絵。美術の教科書にお手本として載ってるような、何の変哲もないものだった。

　実際、絵には画家の名前と『練習画』とだけ書かれている。きっと有名な画家が練習用に描いたもので、芸術的というより資料的価値によって保存されてる作品なのだろう。それを象徴するようにその絵は、美術館の隅っこに置かれていた。

「こういうのが好きなんですか？」

「うーん……、ほらこの果物が美味しそうだろ？　ちゃんと熟したものは、こんな橙色になるんだけど、よく描けてるよ」

　クレノ先輩は絵というより、描かれた果物のほうに興味があるみたいだった。たぶん、絵画や美術品が、そんなに好きではないのだろうと思えた。

　それからお昼になるまでに、私たちは劇場や音楽堂、それからイベントでやっていた宝石展を回った。

「どうだった？」

　お昼ごはんに行く前に、午前中のデートコースの感想を聞かれる。

「まず詰め込みすぎかなぁって思います。もう少し、余裕をもったスケジュールにしたほうがいいかと」

二時間で四箇所を回るのは、なんとも慌ただしかった。

「そうか、ありがとう。参考になる」

クレノ先輩はまじめな表情でメモを取っている。

そんなにデートしたいか。まだ話しかけることすらできてないのに。

「それより……」

しかし、詰め込みすぎなことより、私は感じている問題点があった。

「ん、どうしたんだい？　言いにくいことでも指摘してくれると助かるよ」

私はそのお言葉に甘えて、一番の問題点を口にした。

「今まで回ったデートスポット全部、クレノ先輩はあんまりお好きではないですよね。それってどうなんでしょう」

美術館のときもそうだったけど、観劇も、音楽鑑賞も、宝石を見て回るのも、クレノ先輩の口から出るのは他人行儀な感想だけで、本心から楽しんでいる様子はなかった。

たぶん、あんまり興味がないのだろう、美術も、劇も、音楽も。

その言葉に、クレノ先輩は目を丸くする。

「デートってそういうものじゃないかい？　基本的に、相手が好きそうな場所を選んでついてきてもらうものだろう。一応、女の子が好きそうな場所を選んだつもりだけど」

それはそう。自分の好みの場所だけ回って、相手にドン引きされてしまう、なんてよく聞くデートの失敗例だ。そういう意味で、クレノ先輩のチョイスは問題のないものなのかもしれない。

けれど……

「全部、相手に合わせてしまったら、それは意味がないんじゃないでしょうか。相手に喜んでもらうだけじゃなく、自分を知ってもらう機会でもあるんですから」

「ふむ……」

私からそう言われて、クレノ先輩は考え込むように顎に指を当てた。

「デートするのはゴールじゃなくて、はじまりなんですから。自分のことも少しずつ知ってもらうべきだと思います。私の意見ですけど」

クレノ先輩はデートプランのメモをポケットから取り出しじっと見つめ、しばらく思案にふける。それから、ペンを握り、メモに何かを殴り書くと、顔をあげて微笑んだ。

「確かにエトワちゃんの言う通りだね。自分のことも知ってもらわないと意味がなかった。このあとは、有名レストランに行く予定だったんだけど、実はこの近所で前々から行きたい店があったんだ。そっちに変更しても構わないかい？」

「ええ、もちろんです！」

どうやら、やりたいことは見つかったみたいだ。

＊＊＊

クレノ先輩の行きたかった店は、路地裏にある食堂だった。魚からお肉までいろんな料理を提供しているようだ。お昼前に到着すると満席ではないものの、かなりの席が埋まっている。

外観は古い建物だけど、店の中はきれいに掃除されていて、民芸品の彫刻などでお洒落に仕上げてある。クレノ先輩は店に入ると、内装を楽しげに眺めていた。

飾ってある彫刻に興味があると言うよりは、全体的な内装の雰囲気だったり、テーブルの配置だったり、お皿やフォークの置き場所だったり、そんなことに興味があるようだった。

なるほど、これがクレノ先輩の好きなことなのか。

「この店は、一年前に潰れた店の居抜き物件らしいんだけど、口コミで評判が広がって人気店になりつつある店なんだ」

クレノ先輩の説明は、美術館にいたときほど丁寧ではなく、わからない用語を含んでいたけど、先輩自身が楽しそうなことはわかる。

注文した料理は、口コミ通り美味しいものばかりだった。クレノ先輩は料理を一口ずつ食べると、「なるほど、原価はこれぐらいだな。これを看板メニューにして安く売って、儲けはこっちの料理で出してるんだな」などと、熱心にメモしていた。

料理を食べ終え、満足して店を出ると、クレノ先輩が言った。

「もうひとつ、行きたい店があるんだけど行けるかい？　この国では珍しいクニョール海風のエビグラタンを出してる店なんだけど」

「ええ、大丈夫ですよ」

だいぶお腹は膨れてるけど、せっかくクレノ先輩が楽しそうなので付き合うことにした。

目的のお店にたどり着くと、そこには長い列ができていた。

「うわぁ、すごいですね」

時刻はお昼を過ぎている。なのにこんな列ができているのだ。どうやら人気店らしい。

「かなり待つことになりそうだけど大丈夫かい？」

「はい、小腹をすかせるにはちょうどよさそうです」

それから三十分ぐらいして、お店の中に入れた。お店はお客さんでぎっしりで、カウンターの向こうでは店主らしき料理人さんが、忙しなくグラタンを焼いている姿が見える。席について、名物のクニョール海風エビグラタンを二人分、注文する。

「楽しみですね～」

「ああ、そうだね」

列に並んでいる間、このお店のグラタンの評判は周囲から聞こえてきていた。なんでも食べたら病みつきになる味らしい。

料理を待つ間、先輩はデートプランのメモを見直し、私は頭の中でソフィアちゃん人形たちを、徒競走させたりダンスさせたりして時間を過ごした。

十分ぐらいして、噂のエビグラタンが運ばれてきた。

ちょうどよく小腹がすいてきたので、さっそくフォークですくって、十分にふーふーしてから、口に入れる。うん、なかなか美味しい。

クレノ先輩は美味しい店をたくさん知ってるんだなあ。

感心しながら、クレノ先輩を見ると、先輩はグラタンの皿にフォークを突き刺したまま、険しい表情になっていた。

あれ、どうしたんだろう……

首をかしげていたら、クレノ先輩はいきなり皿を持って立ち上がり、グラタンを焼いている店主さんのほうへ歩いていき、怒りの表情で怒鳴った。

「なんだこのグラタンは！」

先輩にしては珍しい、荒ぶった口調。

店主さんはきょとんとした表情で答えを返す。

「何って、うちの名物クニョール海風エビグラタンですが？」

その答えを聞き、クレノ先輩はさらに険しい表情になった。

い、いったいどうしてしまったんだろう……いつもと様子がぜんぜん違う……

「ふざけるな。クニョール海風エビグラタンは、クニョール海の名産のオレンジを使ったフルーツソースと、同じく名産のトマトを使ったオーロラソースを組み合わせた複雑な味でエビの香りと旨味を引き立てるのが特徴のグラタンだ。このグラタンに使われてるのはただのベシャメルソースだ。これは断じてクニョール海風エビグラタンじゃない」

店主さんの表情が青くなる。どうやら図星だったみたい。

「い、いやあ、お客さん。うちも最初はそのソースで出してたんだがね。最近はクニョール海産のオレンジやトマトが高くなって、今の価格だと無理なんだよ。それにこれだけのお客さんが来るんだ。複雑なソースじゃ、客を捌(さば)ききれない……それでもお客さんが満足してるんだしいいじゃないか」

言い訳としてはかなり苦しい。でも、今のソースでもお客さんが来てることは事実だった。

クレノ先輩は冷たい表情で言い放つ。

「材料が調達できないなら工夫すべきだ。少なくともクニョール海風のエビグラタンのあの味に近づけるようなソースに。こんな平凡なベシャメルソースで客が満足しているのは、最初に広がった評判に騙されているだけだ。なあ、店主さん、あんたがこの店を始めたときについていた常連客は残っているのかい？」

「うっ……」

どうやら病みつきになる美味しいグラタンの評判を広めたお客さんたちは、もうこの店に残ってないようだった。確かになかなか美味しかったけど、噂のように病みつきになるほどではなかった。

それは人それぞれの好みなのかと思っていたけれど、どうやら味が変わり、客層が入れ替わっても、噂だけが引き継がれていったせいだったらしい。

「今のままでも確かにそれなりに美味しい。でもこれは断じてクニョール海風のエビグラタンではない。近い味に戻せないなら、看板は取り下げるべきだ」

それを聞いて青かった店主さんの顔は、怒りで赤くなっていく。

「くっ、言わせておけばガキの分際で！　お前に何がわかる！　人気店を維持していく大変さが！　毎日来る大勢の客を満足させなければいけない苦労が！」

「ああ……、確かに俺はまだ自分の店を持ってない。だから、あんたの大変さは理解できてないのかもしれない。でも、このグラタンよりうまいグラタンなら作れる。ここにある材料だけで！」

　まだって、いずれお店持つ気なのかなあ……

「な、なんだとお！　やれるもんならやってみろ！」

　売り言葉に買い言葉、店主さんの許可を得たクレノ先輩は厨房(ちゅうぼう)に入っていってしまった。念入りに手と腕を洗うと、素晴らしい手際で料理を開始する。

　よくわからない手際で材料を切り、よくわからない手順でそれを煮詰め、よくわからないけど調味料を入れて、よくわからないソースを作っていく。

「なんて手際の良さだ……！　このガキ！　本当に素人か！」

　そういえば実家は田舎(いなか)の食堂なんだっけ。手伝いとかで慣れてるのかもしれない。店中の視線がクレノ先輩に釘付けだった。

　店主さんがグラタンを作るのと変わらない、いやもしかしたらそれよりも速い動作で、グラタンを完成させていく。

そしてクレノ先輩が完成させたグラタンが、店主さんとお客さんの前に並ぶ。

私の前にも並ぶ。あの、いや、グラタン二皿目はいらないんですけど……

まず店主さんがフォークでグラタンをすくい、口をつける。

「ふん、手際はいいようだが、味はどうか……」

口に入れた瞬間、店主さんの言葉が詰まった。

次の瞬間、店主さんの目からボロボロと涙がこぼれ落ちる。

「これだ……これが俺の作りたかった味だ……。なんで忘れていたんだろう。クニョール地方でこのグラタンを食べて、この味をみんなに味わってほしくて、この店を開いたのに……」

その様子を見て、お客さんたちもクレノ先輩のグラタンを口にする。

「う、うまいぞ……！」

「これは病みつきになる味だ……！」

「クニョール海風エビグラタンは、こんなに美味しかったのか……！」

絶賛の声が店中に響き渡った。

私は申し訳程度にグラタンを一口、口に含んだ。うん、前よりは美味しいけど、それより満腹でもう食べたくない……。でも残すのはダメだしがんばって食べよう。

　クレノ先輩はメモ帳に何かを書いて、破いて店主さんに渡す。

「これがこのソースのレシピだ。少し手間は増えるけど、これなら原価はあまり変わらずに作れるはずだ」

　店主さんは涙を流しながら、そのメモを両手で恭しく受け取った。

「ううっ、ありがとう。実はこのままじゃダメだって気づいてはいたんだ。繁盛しているように見えて、お客さんも少しずつだが減ってきていた……。でも、日々の営業に手一杯で、どうしたらいいのかわからなくなっていて。でもあんたのおかげでこの店を始めたときの気持ちを思い出せたよ……！　ちゃんと料理名も訂正して、もう一度、やり直してみようと思う……！」

「あんたが作ったグラタン、手は抜いてあったがちゃんと美味しかった。あんたの料理の腕に、その心を思い出せたら、もう大丈夫なはずだ」

　クレノ先輩と店主さんはがっちりと握手を交わす。

　それを見て、お客さんたち全員が拍手をした。まるで料理漫画のようだ。

　午後のデートプランは、クレノ先輩の好きなものへの情熱が伝わってくるものだった。

　クレノ先輩は料理が好きで、そして料理店が好きなのだろう。美術館で果物の絵に反応していたのも、料理やその材料が好きだからで、料理のためならお店をはしごして、レシピを偽（いつわ）った料理が出てきたら怒るほど、夢中になれてしまう。

それはお父さん、お母さんがやっている食堂からもらった愛なのかもしれない。

料理のためなら、こんなに熱くなれて、行動を起こせるクレノ先輩。

その姿を見て私は思った。

ダメでしょこれ、うん、ダメ。

だってデートの相手が、お店の人にクレームつけるなんて、正論いかんを問わず女の子側からしたら嫌すぎるもん。店主さんが許可したからって、厨房（ちゅうぼう）に立って料理するのはわけがわからないし。いつの間にか、食品アドバイザーになっている件については置いてけぼりである。

好きなものが伝わるデートをしたほうがいいとは言ったけど、いくらなんでも限度というものがある。

これはアウト。やっちゃダメなやつ。

私はクレノ先輩が作った二皿目のグラタンをもそもそ口に運びながら、先輩が残していったデートプランのメモ用紙に、０点を記入した。

『これじゃダメなんです』

待望のコミカライズ!

異世界の公爵家に転生したものの、生まれつき魔力をほとんどもたないエトワ。そのせいで額に『失格』の焼き印を押されてしまった! そんなある日、分家から五人の子供達が集められる。彼らはエトワが十五歳になるまで護衛役を務め、一番優秀だった者が公爵家の跡継ぎになるという。けれどエトワには、本人もすっかり忘れていたけれど、神さまからもらったすごい能力があって——!?

アルファポリス 漫画 検索

ISBN978-4-434-30004-2
B6判 定価:748円(10%税込)

本書は、2018年12月当社より単行本として刊行されたものに書き下ろしを加えて文庫化したものです。


この作品に対する皆様のご意見・ご感想をお待ちしております。

おハガキ・お手紙は以下の宛先にお送りください。

【宛先】

〒150-6008 東京都渋谷区恵比寿4-20-3 恵比寿ガーデンプレイスタワー 8F
(株) アルファポリス　書籍感想係

メールフォームでのご意見・ご感想は右のQRコードから、
あるいは以下のワードで検索をかけてください。

ご感想はこちらから

アルファポリス　書籍の感想　検索

レジーナ文庫

公爵家に生まれて初日に跡継ぎ失格の烙印を押されましたが今日も元気に生きてます！2

小択出新都

2022年10月20日初版発行

文庫編集ー斧木悠子・森順子
編集長ー倉持真理
発行者ー梶本雄介
発行所ー株式会社アルファポリス
〒150-6008 東京都渋谷区恵比寿4-20-3 恵比寿ガーデンプレイスタワー8階
TEL 03-6277-1601（営業）　03-6277-1602（編集）
URL https://www.alphapolis.co.jp/
発売元ー株式会社星雲社（共同出版社・流通責任出版社）
〒112-0005 東京都文京区水道1-3-30
TEL 03-3868-3275
装丁・本文イラストー珠梨やすゆき
装丁デザインーAFTERGLOW
（レーベルフォーマットデザインーansyyqdesign）
印刷ー中央精版印刷株式会社

価格はカバーに表示されてあります。

落丁乱丁の場合はアルファポリスまでご連絡ください。

送料は小社負担でお取り替えします。


ISBN978-4-434-30991-5 C0193